ベリーズ文庫

「役立たず」と死の森に追放された私、最強竜騎士に拾われる～溺愛されて聖女の力が開花しました～

晴日青

STARTS
スターツ出版株式会社

目次

「役立たず」と死の森に追放された私、最強竜騎士に拾われる
～溺愛されて聖女の力が開花しました～

最強竜騎士団の団長
ジークハルト・フォン・ベルグ
ベルグ帝国・最強竜騎士団の団長で第二皇子。クールでストイックな性格。自分にも他人にも厳しいが、意外に一途な一面も。
親に捨てられた元令嬢
エレオノール・レリア・ラフィエット
実父に虐げられ続け、捨てられた元伯爵令嬢。真面目でまっすぐな性格。回復魔法が得意。暗くて狭いところが苦手。
天真爛漫なちびドラゴン
リュース
エレオノールが大切に育てていた卵から孵った、ドラゴンの赤ちゃん。エレオノールとジャムパンが大好き。

「役立たず」と死の森に追放された私、最強竜騎士に拾われる

溺愛されて聖女の力が開花しました

Character introduction

エレオノールの周りの人たち

テレー

“死の森”を彷徨っていたエレオノールを育てた変わり者のエルフ。ある日恐ろしい魔物に襲われ命を落としてしまう。

シュルーシュカ

ジークハルトが使役する漆黒のドラゴン。傲慢な性格で宝石が好き。「念話」と呼ばれる古代魔法で人間と会話をする。

ハインリヒ

青い髪と黒い瞳を持つ帝国の第一皇子で、ジークハルトの異母兄にあたる。弟との仲はあまりよくないようだが……？

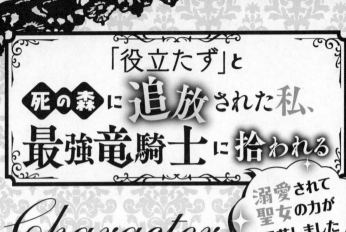

「役立たず」と死の森に追放された私、
最強竜騎士に拾われる
～溺愛されて聖女の力が開花しました～

プロローグ

空気まで甘く香るといわれる花の王国、リヨン。

肥沃な土壌と温暖な気候から、大地の女神に愛されているとまでいわれたこの国で、ひとりの少女が泣きじゃくっていた。

「お願い、捨てないで。いい子にするから……！」

薔薇色《ばらいろ》の髪に翠玉《すいぎょく》を思わせる瞳の少女は、名をエレオノール・レリア・ラフィエットといった。七歳にしては幼く小柄で、五歳くらいに見える。

苛立《いらだ》ちを顔に浮かべて彼女を外へ引きずっていくのは、彼女の父親であるラフィエット伯爵。

エレオノールは伯爵のひとり娘だ。

そう、昨日までは。

「もうお父様って呼ばないから……」

「もともとお前など私の娘ではない！」

「きゃあっ！」

腕に痕が残るほどきつく握られていた手がようやく離れたかと思うと、エレオノールの身体《からだ》は門の外へ放り出された。

伯爵家から追い出された理由には、悲しいことに覚えがある。

彼女の母は、エレオノールを産んですぐに亡くなった。

伯爵は自分に似ても似つかない容姿の娘を見て不貞の子だと決めつけ、潔白を証明する妻がいないために、その考えをよりエスカレートさせていった。

もともと政略結婚だったことや、気性が荒く、手段を選ばない狡猾《こうかつ》な伯爵と、争いを好まない純粋で温厚な妻との性格が合わなかったことも原因だろう。

あるいはエレオノールの容姿が、平凡と表現するのがふさわしい伯爵の容姿と違い、誰もが目を惹《ひ》かれる美しいものだったからか。

ひどい扱いとはいえ、エレオノールが今日まで伯爵家で生活できていたのは、この容姿のおかげもある。

有力な貴族との間を取り持つ政略結婚の駒として利用価値があると、伯爵に思わせることができたためだ。

しかし、それも昨日までの話。

昨日、伯爵家の後妻が娘を産んだのだ。エレオノールとは違い、伯爵家の特徴である美しい青い瞳を持って。

「今まではお前にも利用価値があった。だが、もう我が家には本物の娘がいる」

地面に投げ出されたエレオノールを見下ろし、伯爵は忌々しげに言った。

「お前のような偽物に、伯爵家の財を食い潰《つぶ》されるわけにはいかぬ」

「わ、私、いい子にします！　今までよりもっと頑張《がんば》りますから！　お掃除も、お洗濯も、お料理だってします！　だから……！」

「うるさい。まとわりつくな！」

伯爵の脚にすがりつこうとしたエレオノールだったが、容赦なく蹴り飛ばされそうになり慌てて身を引く。

そんな乱暴な真似《まね》をし、生まれてから一度も自分を娘と認めてくれず、名前を呼んでくれない相手だとしても、エレオノールにはほかに頼るべき大人がいなかった。

「まったく、あの女もとんだ面倒を残したものだ」

顔も知らない母だが、悪く言われるたびにエレオノールの胸はちくりと痛む。

吐き捨てるように言われたエレオノールは、自分の胸もとをギュッと掴《つか》んだ。

「おい」

伯爵はエレオノールに背を向けながら、門衛に声をかけた。

「どこへなりとも捨ててこい。もし、これが再び私の視界に入るようなことがあればわかっているな？」

「はい、伯爵様。仰せの通りに」

地面にへたり込んだエレオノールの目の前で門が閉まり、父であるはずの人の足音が遠ざかっていく。

もはや声を出すことも忘れ、涙で頬を濡《ぬ》らすばかりのエレオノールの腕を、伯爵に命令された門衛がそっと掴《つか》んだ。

「……君の境遇には心の底から同情するよ。でも、悪いね。俺にも家族がいるんだ。仕事を失うわけにはいかない」

父よりもよほど優しくエレオノールを抱き上げた門衛は、その場に控えるもうひとりの同僚に二、三言告げてから厩舎《きゅうしゃ》へ向かった。

伯爵に残酷な宣言を受けてから、どれほど時間が経っただろうか。

門衛の男は馬から下りると、エレオノールに向かって目の前の暗い森を示した。

「もうリヨンには戻ってくるんじゃない。……運があれば、誰か優しい人が助けてくれるだろう」

エレオノールは男の示した先を見て、ひくりと喉《のど》を鳴らした。

不安げな表情には『捨てないで』とはっきり書かれていたが、それを叶《かな》えてくれる人は残念ながらどこにもいない。

「も、もう夜になります。それに森は危ないところって本に書いてありました。狼《おおかみ》とか、魔物とか、それから……ドラゴンがいるかもしれないって」

「それでも行かなきゃならないんだよ。君はもうあの屋敷に戻れないんだから」

「でも……こ、怖いです……」

「……俺を恨んでくれていいから。ごめんな」

痛ましい姿のエレオノールを見ていられなくなったのか、門衛は再び馬に騎乗すると、脇目も振らずもと来た道を戻っていった。

「待って……！」

追いかけようとしたエレオノールだったが、馬の速度に追いつけるはずがない。

少し走ったところで息が切れてしまい、その場に立ち尽くしてしまった。

「つふ……う、ぇ……」

握り込んだ小さな手で目をこすりながら、エレオノールは再び泣きじゃくる。

「お母さん……お父さん……」

伯爵の後妻は屋敷に来た当初からエレオノールを嫌い、邪険に扱った。

この場にいたとしても、エレオノールを抱きしめて家に帰ろうと言ってくれるはずはないが、それでも彼女が助けを求める相手は両親しかいなかったのだ。

哀れなすすり泣きは、おどろおどろしい森から時折聞こえる獣や鳥の声でかき消される。

風に揺れる木々のざわめきも恐ろしく、ゆっくりと夕陽が沈んで暗くなるにつれ、小さなエレオノールの不安を煽《あお》った。

やがて、少女が泣きやむ頃にはすっかり陽が暮れていた。

「もう、帰れない……」

しゃくり上げたエレオノールは、小さくつぶやいて森に向かって歩きだした。

――この森のことなら本で読んだから知っている。

ここは大陸の南に位置するリヨン王国と、東に広がるベルグ帝国の間にある〝死の森〟で、ひとたび足を踏み入れれば二度と戻ってこられず、そのまま獣の餌になって朽ちるしかないといわれていた。

ベルグ帝国が誇る大陸最強の竜騎士軍団ですら攻略できなかったというこの森には、方向感覚を狂わせ、精神を摩耗させて狂気へ落とす闇の魔力が満ちていることも、エレオノールはよく知っていた。

（待っていても、きっと誰も迎えに来てくれない。だって私はいらない子だから……）

リヨン王国にとどまれば、どこかでまたラフィエット伯爵と顔を合わせてしまうかもしれない。そうなったら、葛藤しながらも最後に優しさを与えてくれたあの門衛に迷惑がかかるだろうと思い、エレオノールはひとり寂しく枯れた草を踏む。

（もしも私が『聖女さま』だったら、捨てられなかったのかな）

こっそり盗み見るようにして読んだおとぎ話には、誰からも必要とされ、愛され、求められる『聖女』が描かれていた。人々を癒やす力に秀でた素晴らしい女性のことである。

自分とは真逆の存在に憧れ、夢を見ていたエレオノールだったが現実は厳しい。

キイキィと得体の知れない獣の声が響く森の中に、エレオノールの小柄な影がのみ込まれていく。

その姿は数刻もしない間に完全に見えなくなった。

今日からママになりました

隙間風から漂う春の香りに導かれ、エレオノールは目を覚ました。

藁《わら》をたっぷりと敷いたベッドから起き上がり、いつの間にか頬を伝っていた涙を拭って苦笑する。

（ひとりの朝なんて、もう何度も迎えたのに。いまだに慣れる気がしないな）

かつて父親に捨てられ、死の森をさまよった少女は十八歳になっていた。

健康的に色づいた頬に形のいい唇、ほっそりとした顎の形は幼い頃から変わっていない。捨てられた当時、薄汚れて見えた薔薇色の髪は甘やかな春の華やかさをまとい、父に疎まれた翠玉の瞳には穏やかな知性が宿っている。

しかし匂い立つような美貌は険しくゆがんでいた。

（あの頃の夢を見るなんて……）

死の森に追いやられた当時の夢を見たのは久しぶりだった。

エレオノールは大きく伸びをすると、まくれていた裾を丁寧に直してから水瓶《みずがめ》のもとへ向かう。

柄杓《ひしゃく》で水をすくい、顔を洗うと、キンと心地よい冷たさを感じた。

棚に置いてある綿のタオルで顔を拭いてから、ベッド脇に置いてあるカゴに近づく。

蔓《かずら》で編んだカゴには光沢のある極光《オーロラ》色の丸い塊があった。

完全な球の形ではなく楕円形《だえんけい》で、大きさはエレオノールが両手で抱きかかえられる程度。ずっしりとした重さがあり、触れるとほのかに温かい。

「きっと寂しいのね。あなたが孵《かえ》ってくれたら、少しはやわらぐかしら？」

ベッドに腰を下ろすと、エレオノールはその極光色の卵をタオルで磨き始めた。

夢のせいか、作業をしているうちに自然と過去を思い出してしまう。

あの日捨てられたエレオノールは、何日も森をさまよった。

葉にたまった朝露や土に染み出た泥水をすすり、木の根をかじって飢えを凌《しの》いだ。

森の向こうにあるベルグ帝国を目指そうとしたが、大人ですら避ける道のりを小さい身体でこなすのは当然無理がある。

屋敷を追い出されてからの日にちを数えるのも忘れ、温かな寝床と食べ物のことばかり考えるようになった頃、彼女は死の森に似つかわしくない清流を発見した。

土くさい水を飲まずに済む。もしかしたら魚がいるかもしれない。そうしたらお腹《なか》いっぱいご飯が食べられる……。

そんな期待のせいで注意力が散漫になっていた彼女は、苔《こけ》むした石に滑《すべ》り、川へ落ちてしまった。

意外にも速い流れに翻弄されて、エレオノールはあっという間に水にのみ込まれた。

徐々に重くなっていく身体と遠ざかる意識の中、彼女はずっと『死にたくない』『でも、死んじゃったほうがいいのかもしれない』と繰り返し、ついに諦《あきら》めて目を閉じたのだが。

目覚めるとそこは、死後の世界などではなく、温かな空気に満ちた木の家だった。

エレオノールを川から救い、家まで連れ帰ったのは死の森の奥深くに住むエルフで、名前をテレーといった。

彼女は『エルフは人間を嫌う』という世の常識に当てはまらず、変わり者扱いされて遠巻きにされていたのだが、エレオノールの育て親になったことによってますます仲間から敬遠されるようになった。

最初は表情を動かすこともできないほど傷ついていたエレオノールが、自然に笑えるようになったのは、テレーのおかげだ。

（たった七年だったけど、とても幸せだった……）

八百年の時を生きたテレーは自分の天命を察していたが、それをまっとうする前に亡くなってしまった。

ある日、死の森の奥にひっそりと居を構えていたエルフたちのもとに、ドラゴンによく似た漆黒の魔物が襲いかかったのだ。

エルフたちが用意していた魔法は、人間を遠ざけるためのものばかりで、魔物には通用しない。そのうえ、ひっそりと森の奥で過ごしていたために、戦いの経験もなかったエルフたちは、殺戮《さつりく》に酔った魔物に引き裂かれ、愛した森を焼き滅ぼされた。

(あの日、テレーが守ってくれなかったら私は死んでいた)

人間からすれば、死の森の一部が少し焼失しただけの些細な出来事だっただろう。魔物による災害が珍しくないこともあり、自然災害のうちのひとつだと誰も気に留めない程度の。

しかし再び寄る辺を失くしたエレオノールにとっては違っていた。

(私はテレーのおかげで生きている)

それは魔物による災害から守ってもらったという意味であり、その後の四年を生き延びられたという意味でもある。

エレオノールは十八年の人生で二度、『死んでしまいたい』と思ったことがあった。

一度目は父に捨てられた挙げ句、川に流された時。

二度目は魔物の強襲によってテレーを失った時だ。

優しい育て親の跡を追いたいという気持ちがないでもないが、それでも前向きでいられるのは、そのテレーの言葉が胸に刻まれているからだった。

(本当は、今だって)

『素敵なことをなにも知らないから、死んでしまいたいと思うんだよ。たくさん生きて、素敵なことをたくさん知って、それから本当に死にたいかどうか考えてごらん』

彼女は八百年生きてなお、〝素敵なこと〟に出会えると言っていた。

その筆頭がエレオノールとの出会いだった、と。

(素敵なことをたくさん知りたい。……この子も放ってはおけないし)

エレオノールは毎日欠かさず面倒を見ている極光色の卵に視線を向けた。

腕の中の卵は磨かれたおかげで、緑と紫が入り交じる複雑な光沢を放っている。テレーが言うには、これはドラゴンの卵だという。

エレオノールはこれを、薬草摘みの最中に発見した。

『へえ、おもしろい。育ててみたら？　聖女様みたいに』

テレーはなにかと聖女の存在を口にして、エレオノールのやる気を引き出した。

エレオノールが幼い頃に孤独を紛らわせようと夢中になった絵本に、憧れの存在である聖女の姿が必ず描かれていたからだ。

その物語のひとつが、『聖女が仲間外れの子犬を拾い育てたら、立派な聖獣になった』というものである。

拾われてからというもの、テレーと一緒に死の森で薬草集めや食料探しをするようになったエレオノールは、いつも『仲間外れの子犬』がいないか気にしていた。

その時に物語の説明をしたから、彼女は聖女が子犬を拾い育てたように、卵を育てればいいと提案したのだった。

そういうわけで、エレオノールは熱心に卵の面倒を見るようになった。

毎日話しかけたり、磨いたり、温かな場所を用意してやったりしながら、あっという間に五年が経った。

卵の存在は、嫌でもテレーとの日々を思い出させるが、だからこそエレオノールは最後までこの子の面倒を見ようと心に誓っている。自分を拾い育ててくれた彼女から受けた恩を、卵に返そうとしているといってもいい。

「あなたはいつになったら孵るの？」

呼びかけても卵はなにも反応しない。

（テレーは『もうすぐ』って言ってたけど、たぶんあれはエルフの感覚で言ってたんだわ。そうじゃなかったら、五年も卵のままでいるはずない）

十三歳の頃に拾った卵は、当時のままなにも変化がなく、ときどき生きていることを示すようにコツコツと奇妙な音を立てるだけである。

「あなたに会える日は、きっと『素敵』な日ね」

エレオノールはギュッと卵を抱きしめ、愛おしげに撫《な》でてから、元のカゴの中に戻した。そしてその上に自分で刺繍《ししゅう》した布をかぶせ、カゴを手に家の扉を開く。

（今日もいい一日になりますように）

気持ちのいい朝日をいっぱいに浴びながら、エレオノールはまぶたの上に手を当てて目を細めた。

テレーとの別れの後、生前彼女が教えてくれた道を通って森を抜け、今はベルグ帝国にある辺境の小さな村で生活している。

奇妙な極光色の塊を手に現れた彼女がそれほど邪険にされなかったのは、テレーの家から持ち出した薬を分け与えたおかげだ。

たまたま流行《はや》り病《やまい》に苦しんでいた村人たちは、エルフお手製の薬によってあっという間に完治し、エレオノールが村に住むことを許した。

しかし時間が経つにつれ、村人たちは感謝を忘れてしまった。

そのため、今ではすっかり変わり者として扱われるようになったエレオノールは、村の片隅にある小屋で他人とほとんどかかわらない生活を送っている。

人間たちはエレオノールを見て、いつも複雑そうな反応をした。

「いったいどこからやって来たんだろう、気味が悪いよ」

「いつも持っているあの塊はなんだい？」

「行商人から聞いた話だと、いつもいい薬を卸してくれるんだとか。怪しいよね」

なにを言われようと、エレオノールは気にしない。

他人とかかわらずに過ごすのは慣れていたし、自分が人に疎まれる存在だというのは物心ついた頃からわかっていたためだ。

だからなるべく村人と顔を合わせないよう、卵のための散歩は朝早くに行う。

この散歩が必要かどうかは知らないが、テレーが『きれいなものをたくさん見せてやったらいいんじゃないかな』と言っていたのを覚えていた。

「ここまでこんなにいい香りがしているんだもの、きっとたくさん花が咲いているに決まっているわね」

エレオノールは卵に話しかけながら、村を少し離れた先にある丘へ向かった。

春になるとそこは一面の花畑になるのだ。

「ああ、やっぱり」

色とりどりのかわいらしい花々を見たエレオノールは、声を弾《はず》ませて足を速めた。

そして一番きれいに咲いている場所を見つけ、花を傷つけないよう気をつけながら卵が入ったカゴを置く。

黄色やピンク、白や水色といった花の中に、ごろんと大きな極光色の卵があるのはどうにも奇妙な光景だったが、エレオノールにとっては見慣れた景色だ。

「早く出ておいで。卵の中じゃ、この香りまでは感じられないでしょ？」

エレオノールは卵のそばに座り、少しざらついたその表面を撫でて言う。

春の風が吹き抜けると、ふわりと甘い花の香りがエレオノールの鼻孔をくすぐった。

花に囲まれた極彩色の世界の中で、育て親が『ラス』と呼ぶ声が脳裏によみがえる。

「卵から孵る前に、あなたの名前も考えておくべきかしら……」

胸の奥につきんと切ない痛みを感じ、エレオノールはきゅっと唇を引き結んだ。

『ラス』というのはエルフが扱う古代語で〝森〟を意味する。

テレーはエレオノールが親に捨てられるきっかけとなった深緑の瞳を事あるごとに褒め、『私も森の色が欲しかったな』と自分の青灰色《ブルーグレー》の瞳を残念がった。

（テレーと別れて四年も経ったのに、まだ寂しくて、悲しい……）

艶のない真っ白な髪と長い耳、そしてくすんだ青い瞳と温かな笑顔。

大切なものをたくさんくれた育て親のすべてを、今も鮮明に思い出せる。

季節がまた春に変わったことを実感したせいか、今日のエレオノールはいつもより感傷的だった。

卵を撫でる手が自然と止まっていたその時、不意にざわりと風が啼《な》いた。

（なに？）

不穏な気配を感じたエレオノールは、すぐに卵を抱えて立ち上がる。

視線が高くなったことで、花畑に足を踏み入れようとする魔物の姿が視界に入った。

（あれは、バトラコス⁉　どうしてこんなところに！）

バトラコスはカエルに酷似した魔物だ。

もとはヒキガエルなのだから当然といえば当然でもある。

ヒキガエルが鶏卵を温めると、卵はコカトリスに、親のカエルはバトラコスに変異するのだ。

その体高は成人男性ほどあり、長い舌と図体《ずうたい》に見合わない跳躍で獲物を追いつめて捕食する。成長した牛や馬くらいならばひと口でのみ込んでしまう恐ろしい生き物である。さらにその体表には毒があった。

エレオノールは自分がすでに魔物の標的として狙われていることを理解し、じりじりと後ずさる。そしてテレーから教えてもらった知識を総動員し、この場を切り抜けるための方法を必死に探した。

（弾力性のある身体に打撃は効かず、よほど鋭い刃《やいば》でなければ斬撃も分厚い脂肪に阻まれる。電撃は通さないけど、炎の通りがいい。――違う、今必要なのはこんなことじゃなくて）

せっかくの花々が巨大なカエルの体躯《たいく》に押し潰されて儚《はかな》く散る。

（防御魔法を展開しないと――）

そう思うのに、混乱する頭では複雑な魔法の構成を思い浮かべられない。

先ほどまで漂っていた甘い香りは、今は腐敗した泥のようなにおいに変わっていた。

風上にさえいなければ、エレオノールももっと早く敵の存在に気づけただろう。

（これ以上接近されたら、逃げられない）

確実に迫る魔物を前にそう判断し、エレオノールはしっかりと卵を抱きかかえて走り出した。しかしその瞬間、目にも留まらぬ速さでバトラコスの巨大な口から長い舌が飛び出す。

ぬらぬらとした粘着力のあるそれは、逃げようとしたエレオノールの左足を正確に捕らえ、逃がすまいときつく巻きついた。

「きゃあっ！」

勢いよく引き倒されたエレオノールは、こんな状況でも卵を守るべく、片手で地面に手をついた。その勢いで手首をひねり、痛みに顔をしかめながら背後を振り返る。

確かに距離があったはずなのに、もうバトラコスはすぐ目の前にいた。

いや、バトラコスが動いたのではなく、エレオノールが引きずられたのだ。

（この子だけは守らなきゃ……！）

必死の思いで卵を手放し、せめて自分だけが魔物の腹に収まるよう願う。

舌にまで毒がないのは不幸中の幸いだった。もし毒があったら、エレオノールの足は毒に侵され、使い物にならなくなっていただろう。

まだ踏み荒らされていない花の上にぽつんと残された卵が遠くなるのを見ながら、エレオノールは左足にまとわりつく長い舌を振りほどこうとした。

だが、バトラコスは貧弱な抵抗を物ともせず、そのままエレオノールを丸のみにしようとする。

（やっぱりこんなところで死ぬのは嫌……っ）

がむしゃらに手足を振り回し、精いっぱいの抵抗を示して叫んだその時だった。

「大丈夫か⁉」

そんな声が聞こえたかと思うと、エレオノールを引きずっていた力がふっとなくなった。

（いったいなにが……）

混乱したエレオノールが咄嗟《とっさ》に声のほうを見ると、すでにそこに声の主はいない。

「グルルァ！」

再び聞こえた耳障りな声は、バトラコスの鳴き声だ。

はっとして再び視線を移すと、恐ろしい魔物の姿が花畑に転がっている。

その身体からは紫色の体液が噴き出し、花畑を毒々しく染め上げていた。

しかしエレオノールが目を奪われたのは、自分を喰《く》おうとした魔物ではなく、銀の槍《やり》を手に戦う黒衣の男の姿だった。

（あの人が助けてくれた……？）

足もとを見ると、気味の悪いぬめぬめしたものが左足に絡みついたままだった。

先ほどと違うのは、それが途中で断ち切られて地面に転がっているということだ。

鋭利な刃で切り裂かれたそれは生々しいピンク色で、周囲に立ち込めた腐敗臭とあいまってエレオノールの胃に不快感を呼び起こした。一気に込み上げた嘔吐感《おうとかん》をなんとかこらえる。

いつの間にか辺りは静かになっていた。

「さっきの人は……」

いったいどこへ、と思ったエレオノールが震える足で立ち上がると、絶命したバトラコスのそばに膝をつく男の姿が見えた。

「だ……大丈夫ですか」

転びそうになりながら駆け寄ると、男の顔色がひどく悪い。怪我《けが》はないようだが息もひどく荒くなっており、どう見ても普通の状態ではなかった。

「心配ない。少し、毒を浴びただけだ」

「そんな……！」

のんびりしている暇はなさそうだった。

(早く治療しないと)

そう考えたエレオノールは、男の了承を得るのも忘れて黒い外衣《マント》をまくり、怪我の位置を確認しようとした。

「なにを――」

「動かないでください。毒の回りが早くなります」

抗議の声を遮り、鎧《よろい》に覆われていない場所を探ろうとする。

毒を浴びた場所を見つけるのはたやすかった。

上衣の左袖が裂けており、そこに赤紫色の液体が付着していたからだ。

「すみません、もう少し裂きますね」

「おい――」

「動かないで」

再び男を静止すると、エレオノールはその左の袖を一気に裂いた。患部を外気にさらすため、片手で上衣を掴んで押さえる。

麻や綿とは違う裂き心地は絹のものだ。よく見れば男が身に着けているものはどれも上質で、こんな辺境の地にいるような身分ではないのがわかる。

（何者なんだろう）

そう思いながらもエレオノールはてきぱきと患部の処置に当たっていた。

空いている手で腰に提げた革鞄《かわかばん》をひっくり返すと、中に入れていた薬の小瓶が三本飛び出す。そのうちの一本を掴んで口もとに寄せ、行儀が悪いと理解しながらも、蓋を歯で開けた。

「染みます」

端的に言うと、エレオノールは小瓶の中身を男の傷にぶちまけた。

粘度の高い緑の液体が傷に触れると、やはり染みたようで男が顔をしかめる。

「くっ……」

「すぐ終わりますから」

そう言ってエレオノールは別の小瓶の中身を同じように男の傷にかけた。

それは先ほどと違い濃い緑色で、水のようにさらさらしている。しかし小瓶から外へこぼれ出た瞬間、むっとするような薬草のにおいが漂った。

(これで応急処置は終わり。あとは……)

エレオノールは手のひらを患部に触れないよう近づけてかざすと、自分の中にある力の流れを集中させた。

魔法の構成式を頭に思い浮かべると、手のひらからやわらかな金色の光が漏れ出て、男の傷を包み込む。

「回復魔法……?」

そうつぶやいたのが聞こえ、黙ってうなずく。

(ちゃんと防御魔法を使えていたら、この人を怪我させずに済んだかもしれないのに)

どんな魔法を学ぼうと、使い慣れていなければ咄嗟に行使できないのだと思い知る。

罪悪感からさらに強く癒やしの力を込め、エレオノールは男に尋ねた。

「吐き気はありませんか？　あっても飲んではしいんですが……」

「……これを飲めと？」

薄青い液体の入った三本目の小瓶を受け取った男が、驚きと困惑、そして微《かす》かな疑いの眼差《まなざ》しをエレオノールに向ける。

答えようとしたエレオノールは、自分を見つめる瞳が、極上の紫水晶を溶かしたような色だと気づいて言葉を失った。

（なんてきれいな……）

改めて男をまじまじと観察してしまう。

年の頃は二十歳《はたち》を少し過ぎたくらいか。エルフたちのような洗練された中性的な美しさはないが、男の顔は間違いなく『美しい』と呼べるものだった。

すっきりと涼やかな目鼻立ちと陶器のような白い肌は、村にいるどの人間とも違う。

エレオノールは初めて、他人と目を合わせることを恥ずかしいと思った。

思わず背筋を伸ばしながらも目を逸らせずにいると、男の顔が不快そうにゆがむ。

「この瞳が珍しいか？」

なにを言われたか理解できず、エレオノールは小首をかしげた。

そしてすぐ、首を左右に振って微笑《ほほえ》む。

「はい。とてもきれいな色ですね。宝石みたい」

行商人が見せてくれたきらびやかな装飾品にも似た色の宝石がついていたが、男の瞳を前にすればきっと褪《あ》せて見えるに違いない。

男はエレオノールの素直な返答に虚を突かれたようだった。

紫の瞳に微かな動揺を浮かべ、視線を避けるように地面に伏せる。

「お前の翠玉のような瞳も……」

言いかけた男が、はっとしたように再びエレオノールに視線を戻した。

「どうかしましたか？」

「……いや。俺よりもお前のほうがよほど美しいと思っただけだ」

男からすれば単なる褒め言葉だったのだろうが、他人と接する機会が極端に少なく、テレーからしか褒められたことのないエレオノールには効果てきめんだった。

「ありがとう、ございます」

お礼を言ったのに声がひっくり返ってしまい、エレオノールはますます恥ずかしくなって赤くなった。

男はその姿にまた少し戸惑いを見せたが、特に触れずエレオノールが持ったままの小瓶に目を向けて言う。

「飲めと言ったな。中身はなんだ?」

「回復薬《ポーション》です。私が作ったものですが、効果は保証します」

頭を切り替えたエレオノールが正直に答える。

しかし男は訝《いぶか》しげに眉根を寄せた。

「回復薬? 普通は薄い緑色だろう」

ぎくり、とエレオノールは咄嗟に視線を伏せる。

一般的に流通するものならば確かにその通りだ。しかしこれは——。

「……特製なんです」

そうとしか言えず、怪しまれてもしかたがない微妙な返答になってしまった。

「それに、この回復魔法も見たことがない」

エレオノールの表情が明らかにこわばる。

しかしそれを悟られまいと、無理に笑みを作った。そのせいで妙に引きつった笑顔になる。

「神殿で扱うようなものとは違うのだと思います。田舎育ちなのもあり、自分で学ぶしかなく……」

病や怪我を治すために、人々は神殿に救いを求める。そして神に仕える神官たちは、捧げ物——とは言うが、実際は金銭である——と引き換えに癒やしの魔法を施すのだ。

「独学だと？」

「はい。育て親から学んだ部分もありますが」

ここまでエレオノールは男に嘘をついていなかった。

ただ、言っていないことが多すぎるだけだ。

絵本で見た『聖女』に心から憧れ、そんな女性になりたいと強く願っていたこと。屋敷の書斎に忍び込み、癒やしの魔法に関する書物を読み漁って、憧れの存在に近づこうと一生懸命技術を磨いたこと。

これに関しては、自分を疎む両親や、その姿を見て蔑んでくる使用人から度を超えた嫌がらせや躾《しつけ》を受けていたため、魔法を実践する機会が多かったのも、上達した理由のひとつである。

どんな傷をどう癒やしてきたのか、詳細はもうほとんど記憶にない。そもそも、実家で暮らしていた頃の記憶がかなり曖昧になっている。

テレーは、エレオノールが自分の心を守るために忘れたのだろうと言っていた。

魔法は使えば使うほど身体に馴染《なじ》み、やがて息をするように扱うことができると言われている。

だからテレーは、幼いエレオノールが大人顔負けの回復魔法を披露した時に寂しそうな顔をした。そこまでの力を手に入れるほど、回復魔法を必要とする生活を送っていたことに気づいたからだ。

『自分のために使わなければならない癒やしの力ほど、悲しいものはないよ』

そう言ってテレーはエレオノールを抱きしめ、頭を撫でて言葉を続けたのだ。

『いつか自分ではなく、他人のために使いなさい』

それをきっかけに、エレオノールはテレーからありとあらゆる癒やしの技術を学ぶようになった。

(薬草の知識、調合方法、正しい扱い方。……問題はそれがエルフの知識だってこと)

飽くなき欲望を持ち、自然を汚す人間たちをエルフは嫌っている。

ゆえに人間がエルフの知識を持つことはない。エルフから教えられた古代魔法を扱うことだって本来ありえないのだが、エレオノールは唯一の例外だった。

もし人間が知り得ない知識を持ち、扱い方を知られていない力を持っていると知られたら。

面倒なことに巻き込まれるのは間違いないだろう。そう感じた以上、正直に話しても問題ないとは思えない。

いくら命の恩人とはいえ、初対面の人間にすべてを話す道理もなかった。

「その育て親にはよほど深い知識があるんだな」

意外なほどすんなりと納得され、内心ほっとする。

(申し訳ないけど、ここはごまかそう。テレーも『人間は古代魔法を使えないからね』と言っていたから)

自分を守るためとはいえ、罪悪感を覚えないわけではなく、エレオノールは回復魔法に集中するふりをして視線を下げた。

「こんな才能が僻地《へきち》に埋もれていると知ったら、神官が慌てて勧誘しに来るだろうな」

「才能なんて。近くの神殿まで歩いて半日かかるんです。だから自然と魔法を使う機会が多かっただけですよ」

あくまで特別な魔法ではないのだと言外ににおわせるも、幸い男はもう追及してこない。いつの間にかその顔には血色が戻っており、エレオノールの回復魔法と薬がよく効いたことを示していた。

「おかげで助かった」

「助けられたのは私のほうです。もう少しで食べられてしまうところでした」

答える声には少し誇らしさが滲《にじ》んでいる。

感謝と同時に、『助かった』と言ってもらえたことがうれしかったからだ。

(聞いて、テレー。私、誰かのために魔法を使えたのよ)

大切な人へ報告するエレオノールの口もとに、隠しきれない笑みが浮かぶ。

「本当はこの薬も飲んでいただきたいんですが、やっぱりだめですか?」

「……悪い」

「それであれば、無理にとは言いません。一応、先ほど処置した際に使用した薬についてお伝えしておきますね」

「ああ、頼む」

エレオノールは充分回復魔法の効果が出たことを確認し、魔法の行使をやめて散らばった小瓶を拾い始めた。

「最初の薬は解毒薬になります。バトラコスの毒を中和し、無害なものに変えました」

男はエレオノールの説明を聞きながら、自身の左手を握ったり開いたりした。

先ほどまでは痺《しび》れていた手が元通りに動いていると気づき、感嘆の息を漏らす。

「いくらなんでも効きが早くはないか」

「特製なので」

（これでごまかされてください）

心の中で念じ、エレオノールは細かく聞かれる前にとさらに説明を続けた。

「次にかけた薬は魔法の補助薬です。これは傷の治りを早くするためのもので、魔法による魔力酔いを抑える効果もあります」

「なるほど。これも特製か」

「はい。次にこの飲み薬ですが、お伝えした通り普通の回復薬です。外側から怪我を治したので、内側からも治す必要があるんです。失血した分は戻せないから薬で増血させる、というのが一番わかりやすい説明かと思います」

ほかにもいろいろな効果はありますが、と付け加え、エレオノールは回収した小瓶の片づけを済ませて立ち上がった。

「よろしければお持ちください。必要なければ捨ててしまってかまいませんので」

エレオノールは、男が持ったままの小瓶に目を向けて言う。

「捨てるにはしのびない。きっとこれも効果のあるものなのだろう。だったらお前が持っておけ」

単なる薬嫌いから服用を拒んでいるようには見えなかった。

エレオノールは少し悩んでから、無駄になるくらいならばと小瓶を受け取る。

「助けてくださってありがとうございました。それでは失礼します」

危機も脱し、怪我人の手当ても済んだ今、次にエレオノールがしなければならないのは逃がした卵の回収だった。

しかし男のもとを離れる前に腕を引かれてしまった。

「待て。恩人の名も聞かずに帰るわけにはいかない」

足を止めたエレオノールが振り返ると、男は改まった様子で自分の胸に手を当てた。

「俺はジークハルトという。お前の名は?」

「私は……ラス、と言います」

咄嗟にそう答え、これも嘘ではないはずだと男から目を逸らす。

(この人はきっと高貴な身分なんだと思う)

整った身なりと上質な装備もそうだが、名乗った際のたたずまいからは上流階級を生きる者の品格を感じた。辺境の地で貴族に接する機会はほとんどないが、普段接しているのどかな村人とは明らかにまとっている雰囲気が違う。

(本当の名前は言えない。だって……あの家と繋《つな》がっているかもしれないから)

七歳のエレオノールを捨てたラフィエット家は、リヨン王国の伯爵位を賜っている。

ベルグ帝国の貴族と面識がないとは言いきれない以上、用心しておくに越したことはないだろう。

(本当の名前を言えなくてごめんなさい。でも私は、ラフィエット家のエレオノールじゃなく、ただのエレオノールでいたい)

話し相手が卵だけでも、虐げられていたあの頃よりはずっといい。

「ラス、か」

ジークハルトがつぶやくのを聞き、エレオノールの胸が小さく痛んだ。

(助けてくれた人を騙《だま》すなんて)

それはエレオノールの呼び名だが、本当の名ではない。

隠し事をしている事実に、苦々しさを覚える。

「改めて、ラス。怪我の治療に対する礼をしたい。この辺りに住んでいるのか？

だったら近いうちに礼を――」

「お気持ちだけいただいておきます。そもそも、私が助けてもらったのが先ですから」

後ろ髪を引かれる思いで、ジークハルトから一歩引く。

(今までの生活を守りたいなら、この人とはかかわらないほうがいい)

そう判断するも、エレオノールの胸の奥はちくちく痛み続ける。

テレー亡き後、唯一瞳の色を褒めてくれた特別な人と、もう少し話してみたい気持ちはあった。しかし、自分が特殊な立場にある人間だということを忘れてはならない。

捨てられたとはいえ貴族の血を引き、エルフに育てられ、古代魔法を扱うのだ。

人がどんな目で常識から外れた人間を見るのかはよく知っている。

エレオノールは目の前にいる男の紫水晶の瞳が、これまで接してきた人々のように蔑みや拒絶、得体の知れない存在への忌避感を浮かべるところを見たくなかった。

「そろそろ戻らなければならないので。失礼します」

引き留められる前にとエレオノールは今度こそ立ち去ろうとした。

そうする前に、先ほど切断されたバトラコスの舌をうっかり踏んでしまう。

（嘘でしょ……⁉）

ここは颯爽《さっそう》と立ち去るつもりだったのに――と思う間もなく滑り、体勢が崩れた。

「きゃっ……！」

転ぶ前に、後ろから抱き留められる。

誰にそうされたのか、振り返らなくても明らかだ。

「大丈夫か？」

バトラコスから助けてもらった時とは違う、もっと落ち着いた声が信じられないほど近くで聞こえ、エレオノールの体温が一気に上がった。

左耳のあたりがくすぐったいのは気のせいだと思いたいが、確かな熱を含んだ吐息が間違いなく耳朶《みみたぶ》に触れている。

「う、あ、ぇ」

奇妙な鳴き声を漏らしたエレオノールは、ジークハルトの腕に抱き留められたまま完全に硬直してしまった。

なにせ、異性の体温をこんなに近くで感じたのは初めてなのである。

ただでさえ他人との距離が遠いエレオノールにとって、背中いっぱいに感じるジークハルトの体温はあまりにも刺激が強すぎた。

「まさか、どこか怪我を」

「だっ、大丈夫です！」

再び耳もとでささやかれたせいで我に返ったエレオノールが、飛び上がるようにしてジークハルトの腕を逃れる。

「本当に！　ありがとうございました！」

声が裏返っているのもかまわず言うと、エレオノールは顔を真っ赤にしたまま、地面に転がっている卵のもとへ駆け寄ってひざまずいた。

ジークハルトに背を向けているのをいいことに、熱くなった顔を隠そうとうつむく。

（テレーと全然違った！）

たおやかで細身のテレーと異なり、ジークハルトの腕は逞《たくま》しかった。

それを意識しすぎないよう、エレオノールは片手でパタパタと顔を扇ぎながら卵をカゴに戻し、上から布をかぶせて立ち上がる。

「重そうな荷物だな。運ぼうか」

少し離れた位置から声をかけられ、エレオノールの肩が跳ねる。

「ご、ご心配なくっ」

生まれて初めての体験に動揺したエレオノールは、それ以上ジークハルトの顔を見ていられず、卵の入ったカゴをきつく抱きしめてその場から逃げ出した。

その腕の中でぱきりと小さな音が響く。

極光色の卵には、よく見なければわからないほど小さな亀裂が入っていた。

これでエレオノールの生活は元通り……になったはずだったのだが。

ジークハルトとの出会いから数日後、村の片隅にあるエレオノールの家に、珍しく来客があった。

「あ、あんたを訪ねてきた方がいらっしゃるんだ」

慌てふためいた様子の村長がドアの向こうで声を張り上げるのを聞き、エレオノールは訝しげな表情を浮かべて、今日もピカピカに磨いていた卵をテーブルに置いた。

(私を尋ねてくるような人なんて……)

不思議に思いながらドアを開けると、そこには赤くなったり青くなったり忙しそうな村長と、その後ろにジークハルトの姿がある。

「あっ……」

ジークハルトの姿を確認したエレオノールの顔に一気に熱が集まった。

あの日から何度も何度も、耳もとで響いた低い声と、身体を包み込む体温を思い出し、夢にまで見ていたのだ。

別れを告げてからたった数日しか経っていないのに、である。

そんな相手が自分を尋ねてきたと知り、咄嗟にドアを閉めそうになる。

(お、落ち着きましょう。うん)

ギリギリのところでこらえたエレオノールは、頑張って笑顔を作ろうとした。

緊張と動揺のせいで引きつっていたが、誰も指摘しない。

「先日ぶりですね、ジークハルトさん。どうしてここに……?」

「もう一度話したくて来てしまった」

ひゅっとエレオノールの喉が悲鳴をのみ込んだ。

なにせ、それを言ったジークハルトの声があまりにも優しかったからだ。

心臓を鷲掴《わしづか》みにされた心地になるも、ジークハルトとエレオノールの間になにがあったのかと言いたげな村長の視線のおかげで気絶せずに済む。

ジークハルトはエレオノールがいっぱいいっぱいになっていることに気づいたらしい。困ったように眉を下げると、口もとに苦い笑みを浮かべた。

「あ、いや。必要ないとは言われたが、やはりなにも礼をしないわけにはいかないだろう。だから……」

「ですが、私もバトラコスから助けていただきましたし……」

その後、転ばずに済んだのもジークハルトのおかげだと言おうとしたエレオノールだったが、思い出しただけでぐっと喉の奥が詰まってしまい、なにも言えなくなる。

のどかな日差しの下、お互いに目も合わせられずにいる男女の間には『だから本当になにがあったんだ！』と強い好奇心を煽られている村長がいた。

村長は来訪者であるジークハルトよりも、一応は村の一員であるエレオノールに聞くほうが早いと思ったようで口を開きかける。

（このままじゃ、ますます変な感じになりそう）

素早く判断したエレオノールは、村長から質問を投げかけられる前に口を開いた。家の中へ導くように扉を開き、部屋の中央にある椅子を示して言う。

「せっかく来ていただいたことですし、お茶の用意をしてきますね。どうぞ座って待っていてください」

村長が残念そうな顔をしたのを見て安堵《あんど》したエレオノールだったが、次の瞬間、家の中を見たジークハルトの表情がこわばったことに気がついた。

「まさか、それはドラゴンの卵か？」

厳しい声は、エレオノールの知っているジークハルトのものではなかった。

「え……？」

「そこに置いてある卵は、ドラゴンのものかと聞いている」

とがめられているように感じ、自然とエレオノールの背筋が伸びる。先ほどとは違う嫌な緊張で息がしづらい。

「育ての親はそうだと言っていました」

「もしそれが本当ならば、その卵はここにあるべきではない」

そう言ったジークハルトが無遠慮に家の中へ踏み込もうとしたのを見て、エレオノールは素早く卵の前に立った。

そして両手を広げ、突然態度を変えたジークハルトから卵を守ろうとする。

「どきません。この子をどうするつもりですか？」

「ドラゴンの卵はすべて帝国で管理し、いずれ竜騎士団で使役するドラゴンとして調教する。帝国民でありながら、そんな常識も知らないのか？」

「生まれは帝国ではありません。ですから今、初めて知りました」

「知ったからにはもういいだろう。もう一度言う、そこをどけ」

「お断りします」

ジークハルトにもう一度出会えた喜びはとうにうせ、ふつふつと怒りが込み上げる。

一触即発の空気を察して口を挟んだのは、おろおろと様子をうかがっていた村長だった。

「帝国の竜騎士団について知らなかったのかね？　空での戦いにおいて、ベルグ帝国に敗北なしと言われているのに？」

「存じません。強い竜騎士団を作るためにこの子が必要だと言っているんですよね？でも私は、これまでこの子の面倒を見てきた者として、生まれる前から戦争の道具にしようとしている人に預けるつもりはありません」

その言葉は村長ではなく、厳しい表情のジークハルトに向ける。

（本物のドラゴンの恐ろしさは知らない。でも戦争に利用するなら、またあんな光景を見ることになるんでしょう？）

遠巻きにされ、直接的なかかわりはほとんどなくとも、森に住むエルフたちはエレオノールの仲間だった。

死の森でひっそりと生き続けるはずだった彼らを滅ぼした魔物の姿は、今もまぶたの裏に焼きついている。

「それはお前が決めることではない」

「あなたが決めることでもありません」

「聞き分けのない女だ」

顔をしかめたジークハルトが、強引に卵を奪おうとエレオノールを押しのける。

「やめて！」

その手が卵に触れるのを見た瞬間、エレオノールは怒りの声をあげて取り戻そうとした。そのまま取り合いになるかと思いきや、パキンと乾いた音が響く。

ふたりに抱きかかえられた極光色の卵の表面に、はっきりと亀裂が入っていた。

「えっ、嘘、そんな」

長年待ち望んでいた孵化《ふか》だが、さすがに状況を考えてほしい。

そんなエレオノールの焦りなどおかまいなしに、卵の亀裂がいっそう増していく。

「手を離せ」

「離すのはあなたのほうです！」

この状況で一番かわいそうなのは村長だった。

そもそもドラゴンという単語だって、なんの話だと思っていることだろう。

やがて、お互いに一歩も譲ろうとしないふたりと、おろおろ見守るばかりの村長の前で、ついに卵の中身が姿を見せた。

「みゃあ！」

子猫よりは甲高く、ざらついた鳴き声が張りつめた空気を引き裂く。

鱗《うろこ》の色は卵と同じ、緑と紫が入り交じる極光色だ。もっと光沢があるように見えるのは、落ち着きなく動いているせいで光が反射するからだろう。

頭には二本の角があり、身体が小さいわりには立派すぎる尻尾がある。

皮膜が張られた翼はしっとりと湿っていて動きがぎこちない。空を飛ぶには訓練が必要になりそうだ。

瞳の色は黄色で、卵の黄身のようにこっくりした色味をしている。

「みゃああ」

鳴き声は猫に似ているが、大きさは成猫以上だ。卵よりは小さいため、抱えて運ぶのは難しくない。

「まあ、どうしましょう。なにも用意してないのに……！」

「見たことのない鱗の色だな。希少種か？」

子竜に対し、ふたりの反応はまったく異なっていた。

「なんですか、その言い方は。この子を物みたいに言わないでください。希少種だからなんだって言うんです？」

「ますます放っておくわけにはいかないということだ。だいたい、これからどうやってこいつを管理するつもりでいる？」

「管理！　物みたいな言い方をしないでって言ったばかりですよ！」

「愛玩動物と混同するな。ドラゴンはそんなかわいらしいものでは――」

エレオノールはジークハルトの腕が一瞬緩んだ隙を見逃さなかった。

「おい！」

子竜をしっかりと抱きしめ、ありとあらゆる荷物を置き去りに家を飛び出す。

そのままエレオノールは脇目も振らず、死の森を目指して全速力で逃走した。

死の森は人間にとって恐ろしい場所だ。

しかしエレオノールにとっては違う。人間を遠ざけているのは、エルフの力によるものだとよく知っているし、彼女にとっては故郷と呼べる場所でもあった。

危機的状況だとも知らず、まだ羽も乾ききっていない子竜が甘えた声をあげる。

「みゃあ」

「大丈夫、私が守ってあげる。……あなたは恐ろしいドラゴンになんてならないの」

子竜を抱きしめる腕の力が自然と強くなる。

(森を焼いたあの魔物のような、残酷な真似をするような子にはさせない)

腕の中の温かでやわらかな命に対して感じるのは、責任感ではなく母性だった。

(いつまでも逃げきれるとは思えない。せめてあの人の手が届かない場所へ……)

そこまで考えてから、ふとエレオノールは足を止めた。

背後を見るも、ジークハルトが追ってきている気配はない。

(諦めてくれた……?)

そう思ったのも束《つか》の間《ま》、子竜がひと際大きな鳴き声をあげる。

「みゃあ!」

その瞬間、エレオノールの周囲に影が差した。

太陽が雲で陰ったにしては違和感のある影の差し方を訝しみ、空を見上げる。

（なに――）

するとと頭上の影が濃くなり、エレオノールを包み込むように急接近した。

「あ……！」

地響きを立て、砂ぼこりを巻き上げながら降り立ったのは、さんさんと輝く太陽には不釣り合いな、黒光りする巨大なドラゴンだった。

首が痛くなるほど見上げなければならないほど高い位置に顔がある。翼を広げれば、いったいどれほどの大きさになるのか想像もつかない。

頭上にはねじれた二本の角があり、不吉な赤い瞳がエレオノールを見下ろしていた。

（ドラ、ゴン……？）

考えるよりも先に、エレオノールは子竜を抱いたままへたり込んでいた。

森を焼いた恐ろしい魔物や、バトラコスなどとは比べものにならない迫力と威圧感。

逃げようという意思を萎《な》えさせるのは、ドラゴンがあらゆる生態系の頂点に立つ存在だからだろう。

漆黒のドラゴンはエレオノールに顔を近づけると、まるで笑うように目を細めた。

その口が、エレオノールの震える身体をのみ込まんと大きく開く。

ずらりと並んだ真珠色の鋭い牙を前に、呼吸さえできなくなった。

（食べられる……）

思わず目を閉じたエレオノールだったが、その前に声が響く。

「やめろ、シュルーシュカ」

（この声は……）

子竜を抱きかかえたまま動けずにいるエレオノールのもとにやって来たのは、目の前のドラゴンの背から降り立ったジークハルトだった。

恐ろしいドラゴンの顔に手を置くと、眉間に皺《しわ》を寄せて言う。

「笑えない冗談はお前の悪い癖だな」

ジークハルトは目に涙を浮かべるエレオノールに近づくと、その腕から強引に子竜を取り上げた。

「や、やめて……連れていかないで……」

恐怖心を刺激されて動けなくなってもなお、エレオノールは子竜を守ろうとジークハルトにすがりついた。

外衣の裾を掴まれたジークハルトがその手を払う前に、シュルーシュカと呼ばれた漆黒のドラゴンが低い唸《うな》り声を漏らす。

それを聞いたジークハルトが眉根を寄せて息を吐いた。

「ベルグ帝国の竜騎士としてなすべきことをするだけだ。余計なことを言うな」

誰と話しているのか尋ねる余裕などあるはずもない。

エレオノールは指先にジークハルトの外衣の裾を引っかけ、奪われた子竜を取り戻そうと手を伸ばした。

「これはお前の手に負える生き物ではない。おとなしく渡せ」

「嫌です。その子がいなくなったら、私……」

またひとりになってしまう、とエレオノールの瞳から涙がこぼれ落ちる。

目の前で泣かれたことに動揺したのか、ジークハルトが戸惑いを見せた。

そこに、事の発端となった子竜が元気よく手足をばたつかせる。

「みゃあ！」

言葉が通じなくともご満悦なのが伝わるその鳴き声に反応したのは、人間たちではなく同じドラゴンのシュルーシュカだった。

「みゃあ」

再度鳴いた子竜に鼻を寄せると、シュルーシュカがグルルと喉を鳴らす。

それを聞いたジークハルトは、子竜を抱えたまま片眉を引き上げた。

「なんだと？　竜騎士団で見ればいい。これまでもそうだった」

エレオノールはしっかりとジークハルトの服を掴みながら、しばらく治まりそうにない震えを懸命に押さえ込んで立ち上がる。

（この人、ドラゴンと話している……）

その証拠に、ジークハルトはエレオノールではなくシュルーシュカを見ていた。

そうはいっても、エレオノールに対しての警戒は一瞬も緩めない。

「いったいどういうつもりだ。お前がそんな口出しをするなんて」

シュルーシュカがくっくと笑う。

いや、本当に笑っているのかどうか、エレオノールにはわからない。

（なにを話しているかは知らないけど、さっきみたいに隙を見て――）

「おい」

子竜を取り戻すべく神経を張りつめていたエレオノールは、突然振り返ったジークハルトにうろたえた。

「お前も一緒に連れていく。雛《ひな》には母親が必要だそうだ」

「母親……。私が？　この子の？」

「ほかに誰がいる。……必要な荷物があるのなら取ってこい。長くは待たない」

そう言われてもエレオノールはすぐに動けなかった。

「私が離れている間に、その子を連れていくつもりでしょう」

ジークハルトは溜息《ためいき》をつくと、子竜を片手に持ったまま、自身の左胸に右手のこぶしを当てた。

まるで軍人だとエレオノールが思ったのも束の間、よく通る声で言う。

「ジークハルト・フォン・ベルグの名にかけて許可なく連れていかないと約束する」

「……絶対に？」

「この名を貶《おとし》めるような真似はしない」

それでもエレオノールはジークハルトを信用できずにいたが、やがて彼に引く気がないと悟って、恐る恐る彼の外衣の裾から手を離した。

「もし、約束を破ったら……」

「いいからさっさとしろ。今すぐ連れていってもかまわないんだぞ」

エレオノールはぐっと唇を噛《か》みしめると、村に向かって駆け出した。

振り返ると、子竜はジークハルトにまとわりついて甘えている。

（連れていかないって、約束したから……）

一刻も早く大切なものを取りに行こうとするエレオノールだったが、村の門をくぐったところで不意に足を止めた。

(そういえばさっき、なんて名乗ってた？　――ジークハルト・フォン・ベルグ？)

今、踏みしめている大地を領土とする帝国の名はベルグ帝国。

ゆえに、それを姓とできるのはこの国の皇族だけである。

(じゃあ彼はこの国の皇子なの……？)

新生活は不安がいっぱい

ジークハルトがエレオノールを連れて向かったのは、ベルグ帝国の首都、イーヒェルにほど近いルストレイクという都市だった。

街全体を石造りの壁が囲んでいる城郭都市で、区画ごとに高い壁で区切られている。中心部には空から見てもはっきりわかる大きな城があった。

「これからここで過ごせというんですか？」

シュルーシュカがルストレイクの門の前に降り立つと、エレオノールもようやくその背を降りることができた。

ジークハルトの手を借りるのは癪《しゃく》だったが、ドラゴンの背の乗り降りの方法を知らないのだからしかたがない。しかも初めての空の旅は、子竜がずっと腕の中で騒いでいるのもあって快適とは言いがたかった。

「そうだ」

ジークハルトはシュルーシュカの首を軽く叩くと、何事かを告げた。

ここまで休みなく羽ばたいていた翼が再び広げられ、漆黒の竜は街の中心部に向かって飛んでいく。

「シュルーシュカさんはどこへ……？」

「竜舎だ。ここには竜騎士団の兵営がある」

そう言ってジークハルトはエレオノールの腕の中で、彼女の指を甘噛みしている子竜に目を向けた。

「ドラゴンの世話をするなら、ドラゴンのいる場所が適しているだろう」

「……そうなんでしょうか」

エレオノールはみゃあみゃあと鳴く子竜を抱きしめ、ジークハルトの手が届かない位置まで移動する。

ジークハルトは子竜を離そうとしないエレオノールをとがめなかったが、だからといって必要以上に自分との距離ができることを許すつもりもないようだった。

たった一歩で距離を詰めると、いきなりエレオノールの腰を抱いて歩みを促す。

「ちょっ、なんですか⁉」

「いいから歩け。動かさなければ足が萎える」

「どういう……」

顔をしかめながら一歩踏み出したエレオノールは、自分の膝にうまく力が入らないことに気がついた。

気を抜くとガクンと倒れ込みそうになるのを感じるも、ジークハルトの手に支えられていると知って顔に朱が差す。支えなど必要ない、とはとても言えそうになかった。

「ドラゴンに騎乗したのは初めてだろう。初心者は騎乗中に必要ない力を入れすぎて、地上に降りてからも身体がこわばったままになる」

「……そうなんですね」

「そのままでいると後を引く。筋肉が固まる前に、無理やりでも動いたほうがいい」

「親切に説明をありがとうございます」

ほんのり皮肉を込めて言っておく。

エレオノールは子竜を奪おうとする敵の手を借りねばうまく歩けないことを悔しく思いながら、渋々足を進めた。

ルストレイクの門をくぐると、堅牢な壁から感じる威圧感からすると意外なことに、街はたいそう賑《にぎ》わっている。

そうはいっても、解放的な大自然で生きてきたエレオノールは、街内の人の多さと高い壁による圧迫感のせいで、そわそわと落ち着かない気持ちになった。

「ルストレイクに来たことは？」

「……ありません」

驚いたことに、街を行き交う人々はエレオノールが抱いた子竜を見ても気にしていない様子だった。物珍しそうな視線を投げかけてくるが、それだけだ。

（竜騎士団の拠点があるから、ドラゴンの子どもを見ても驚かないのかしら……）

「よそ見するな」

「きゃっ」

きょろきょろしていたエレオノールが人にぶつかりそうになったのを見て、ジークハルトは素早く細い腰を抱き寄せた。

必然的にふたりの距離が近くなり、エレオノールはむっとした顔を赤らめてジークハルトを見上げる。

「乱暴にしないでください」

「文句を言うなら抱いて運ぶ」

「だっ……⁉」

絶句したエレオノールの腕の中で、子竜が『みゃあ』と鳴いた。

それがなければ、エレオノールは立ち止まったまま動けなくなっていただろう。

（人を子どもかなにかだと思っているの……⁉）

ますます顔をしかめたエレオノールは、早く自分の足が元通りに動くことを願った。

ずっと腰に添えられている手の感触を意識し続けたくはなかったからだ。

怒りと羞恥で真っ赤になっているエレオノールと違い、ジークハルトは涼しい顔をしていた。

「この街の民の多くは竜騎士団の身内だ。だからお前が妙な真似をしようと、俺のひと言ですぐ動く。乱暴に扱われたくないならおとなしくすることだな」

「ご忠告ありがとうございます。街の人を動員できるなんて、さすが皇子様ですね」

トゲを込めて返すと、ジークハルトが微かに目を見開いた。

「いつから知っていた？」

「否定はしないんですね。名を聞いた際にもしやと思いましたが、本当でしたか」

「第二皇子であることは確かだ。だが、街の者が俺の声を聞くのは皇子だからではなく、竜騎士団の団長だからだ」

「どうして皇子様が竜騎士団に？」

ドラゴンに乗るにせよ乗らないにせよ、皇子が務める仕事には思えない。

「聞いてどうする」

素っ気なく会話を中断されて、またエレオノールは憤慨した。

唇をへの字の形にし、眉間に皺を寄せて、子竜の口から自身の指を取り出す。そして甘噛みされてべしょべしょになった指をスカートの裾で拭った。

お気に入りを取り上げられて不満だったようで、子竜が小さな羽をばたつかせる。

「みゃあ！　みゃあ！」

「だめよ。そんなに吸われたら、指が溶けてなくなっちゃう」

「みゃあ！」

「きっとこの素敵な皇子様が最高のおもちゃを用意してくれるはずだから、もう少し我慢していて。——こら、だめだったら」

皮肉な言い方はジークハルトの耳にも届いているはずだが、特に反応はない。

勝手に会話を打ち切られたことを簡単に許すつもりはなく、エレオノールはジークハルトの存在を無視して子竜と戯れた。

やがて街の中心部にある大きな城に到着した。

ここもまた街のように高い壁に囲まれており、その内側に五つの建物が立っている。

竜騎士団の兵士たちの宿舎であったり、軍に関係する資料や武器の保管庫であったりするのだろう。

てっきり中央の最も大きな城に入るかと思いきや、ジークハルトは右手の道へ進み、広い空き地のそばにある建物へ向かった。

荷車いっぱいに藁を運んでいた男がジークハルトとエレオノールに気づき、なにか言おうと口を開いてやめた。

その目はエレオノールの腕の中で足をばたつかせる子竜に向けられている。

「殿下！　そのドラゴンはいったい……？」

駆け寄ってきた男は興奮気味に目を輝かせていた。

エレオノールは前のめりな男の様子に不安を覚え、無意識にジークハルトの背に隠れようとする。

「これからここで世話をすることになる。城の者に紹介する前に、まずこちらが先だろうと思ってな」

「子どもの世話なんて何年ぶりでしょう！　いつ孵ったんですか？　親の種族は？　こんな色の鱗、初めて見ますよ！　ああ、なんてかわいいんだ……！」

男は恍惚《こうこつ》として言うと、エレオノールにずいっと顔を寄せた。

驚いたエレオノールが飛び上がると、すぐにジークハルトが男との間に割って入る。

「世話係はこの女だ。お前たちには補佐を頼みたい」

「俺たちにやらせてくれないんですか……⁉」

　この世のすべてに絶望したような表情を浮かべ、男が悲鳴をあげる。

「そもそもドラゴンの世話なんて、その辺の人間にできるもんじゃないですよ。みんなはドラゴンを、空を飛んで、ブレスを吐く変わった馬程度にしか考えていません。ですがそれが誤りだと、竜騎士でもある殿下はご存じでしょう」

　真面目な顔をして言うと、男は竜舎を振り返る。

「彼らは賢く、強く、傲慢です。たとえ子どもだとしても、『世話をさせてやってもいい』と認めている相手でなければ、大怪我をさせかねません」

「その点に関しては問題ない。彼女はこの子竜の母親らしいからな」

「母親⁉　人間と交配するドラゴンがいるんですか⁉　ああでも確かに、中には人の姿を好んで模すドラゴンもいるとか――」

「……比喩の話だ」

　男の熱量についていけないようで、ジークハルトが額を押さえた。

「彼女が卵を育て、孵した。そのせいか、子竜が懐いている」

「なるほど、そういうことでしたら世話を許されそうですね」

「ドラゴンのこと、お詳しいんですか？」

ジークハルトの背に隠れながら、エレオノールはこそっと聞いてみる。

答えたのは男ではなくジークハルトだった。

「研究者たちと竜舎で働く者とどちらのほうが詳しいか、議論の余地がありそうだな」

「俺たちですよ！　毎日毎日、愛情込めて世話してますからね！　そうそう、シュルーシュカ様の新しい寝藁を仕入れたんです。殿下もぜひご堪能《たんのう》ください！」

「いや、藁の上で寝る趣味はない」

そのやり取りを見たエレオノールは少しだけ笑った。

（びっくりしちゃった。ただドラゴンが好きなだけなのね、きっと）

腕の中を見下ろすと、子竜が口をむにゃむにゃさせている。

さっきまではエレオノールの指を咥《くわ》えていたことで満足していたようだが、今はなにもなくて落ち着かないらしい。

「この子、なにか口に入れたいみたいなんです。ちょうどいいものはないでしょうか？　ずっと指を咥えさせているわけにもいかなくて……」

「少々お待ちを！」

素早く竜舎に飛んでいった男は、息を切らしてすぐに戻ってきた。

「これなんていかがでしょう？」

その手にある茶色い棒を見て、子竜が機嫌よさそうに鳴く。

「みゃあっ！」

「気に入ったの？」

「そうでしょうとも。エラフィの角を見て興奮しないドラゴンはいませんから」

エラフィとは馬をほっそりさせたような四つ足の魔物で、雄が枝分かれした見事な角を持つことで有名である。

本来、エラフィの角はもっと巨大だから、男が用意したのは先端の部分か、あるいは欠けた一部なのだろう。

「いただいてもよろしいですか？」

「もちろん！　代わりにこの子を撫でさせてもらっても――」

「後にしろ」

「ああっ！」

ジークハルトが無情にエレオノールから男を引きはがした。

がっくりと肩を落とし、名残り惜しげに子竜を振り返りながら仕事に戻る男を見て、エレオノールは少しかわいそうな気持ちになった。

しかしジークハルトに進言する前にまた腰を抱かれ、強引に歩かされる。

「もういい加減、ひとりで歩けますよ」

「だが、逃げないとは思っていない」

「私が逃げきれるとは限らない」

「ああ、その通りだ。だから余計な真似はするな」

エレオノールはむすっとした顔のまま、今度こそ城に足を踏み入れた。

玄関ホールからしてすでに広い。磨き上げられた床に敷かれた絨毯《じゅうたん》の美しい赤も見事で、壁や柱の装飾、天井から垂れ下がるシャンデリアと、エレオノールは思わず息をするのを忘れて見とれてしまった。

(昔住んでいた屋敷よりずっと立派だ……)

記憶の片隅に残るラフィエット伯爵家の内装を思い出していると、いつの間にかホールの壁際に大勢の使用人が集まっていた。

エレオノールがぼんやりしているうちに、ジークハルトの命令で召集されたようだ。

使用人たちはエレオノールに好奇と不審の眼差しを向けた。

十や二十ではきかない数の人間の視線にさらされ、エレオノールはもじもじとうつむいて床に視線を落とす。

(エルフたちもこんなふうに私を見ていたっけ)

テレー以外のエルフたちは人間を嫌い、エレオノールを遠巻きにするばかりでかかわろうとしなかった。

直接的な害を与えられたことは一度もないが、異物を見る不快そうな視線はたびたびエレオノールに居心地の悪さを感じさせたものだった。

「彼女はラス。今日からドラゴンの子どもの世話を任せることになった。覚えておけ」

使用人たちはしんと静まり返って、特にこれといった反応を見せない。

落ち着かなくなったエレオノールは、ギュッと子竜を抱きしめて深々と頭を下げた。

「これから……お世話になる、ようです。よろしくお願いいたします」

曖昧な言い方になったのは、エレオノール自身ここでどう生活することになるのか知らなかったからだ。

再び顔を上げると、先ほどまでよりいっそう鋭い眼差しを向けられる。

特にとげとげしい視線を向けているのは、使用人の中でも年配の女だった。

服装からして、屋敷の清掃や洗濯といった家事を担当するメイドのようだ。

「では、我々と同じメイドの宿舎に案内いたします」

年配の女メイドが言うも、ジークハルトは首を横に振った。

「いや、客間がひとつ空いているだろう。そこを使わせろ」

その瞬間、使用人たちがざわついた。

理由がわからないエレオノールは再び子竜を抱きしめ、不安を隠そうとする。

「……承知いたしました。すぐ準備いたします」

「よろしく頼む。急に呼び立てて悪かった。仕事に戻ってくれ」

使用人たちが立ち去る中、ジークハルトはエレオノールを見下ろして言った。

「なにかあればメイド長のミリアムに言え」

「はい。……私はこれから、どうすれば？」

「子竜の世話をすればいい。手に負えなくなるその日まで、衣食住の面倒は見てやる」

その言い方にエレオノールは眉根を寄せる。

（つまり私がいつかこの子の世話をしきれなくなると思っているのね）

「わかりました。私なりにやってみようと思います」

「嫌になったら逃げる前に言え」

「逃げませんよ。ちゃんとこの子が大きくなるまで見届けますから」

ジークハルトは強気に返したエレオノールに向けて目を細めてから、背を向けて奥の部屋へ消えていった。

（助けてくれた時は素敵な人だと思ったけど、とんでもなくひどい人じゃない。人を無理やりこんな場所に連れてきて、大事な家族まで奪おうとするなんて！　あなたの思い通りになんて絶対ならないんだから……！）

そう思っていると、横にいた使用人がエレオノールに声をかける。

「部屋まで案内するわ。こっちよ」

素っ気ない言い方に不安を覚えるも、エレオノールはおとなしくついていった。


エレオノールの部屋は城の三階にあった。

窓から逃げるには高すぎるし、三階の中でも特に奥まった廊下の端の部屋だから、正攻法で逃げるにも難しい絶妙な位置だ。もとは客間だからそんな意図はないだろうが、少なくともエレオノールは嫌な意味で自分にぴったりの部屋だと認識した。

だが、エレオノールにとって問題なのは部屋などではなかった。

「あんた、いったいどんな手を使ったんだい」

部屋にはメイド長のミリアムを含め、数人のメイドが揃《そろ》っていた。全員が値踏みするようにエレオノールを見ており、お世辞にも好意的な空気とは言えそうにない。

（どんな手……？）

本気で意味がわからなかったのが顔に出ていたのか、エレオノールを睨《にら》んでいたミリアムは苦々しげに息を吐いた。

「今まで浮いた話なんてひとつもない殿下が、わざわざドラゴンの世話をさせるためだけに女を連れてくるもんかね。どこの馬の骨だか知らないが、見た目はずいぶんいいようだし、殿下に色仕掛けでもしたんだろう?」

メイドたちはミリアムの言葉を否定しないばかりか、彼女の言葉に納得しているようだった。

「世話係なら私たちと同じ立場なのに、なんで個室なんて……」

「殿下のお相手だからでしょう? どうせお世話するなら、もっと身分の高い方がよかったわ」

「きっと気の迷いよ。だって殿下はこの国の皇子ですもの」

ジークハルトの前では黙っていたメイドたちが、賑やかにさえずり始める。

(『お相手』がなにかは知らないけれど、いい意味ではなさそう)

不思議とエレオノールは冷静だった。自分がすんなり受け入れられる存在ではないと、幼い頃に学習してしまったせいである。

エレオノールは機嫌よくエラフィの角をかじる子竜を抱き、唇を噛んだ。

(この子と別れさせられないためには、この人たちにも馴染まなきゃいけない)

敵だと思われないようにすれば、ひとまず存在を許してもらえるのだということも、よく知っている。

ゆっくりと深呼吸して気持ちを落ち着かせ、エレオノールは口もとに微笑を作ってメイドたちに話しかけた。

「私はただ、この子が孵る場所にいただけなんです。懐かれてしまったようで、引き離すのもよくないだろうと殿下が判断し、お世話を任されました。至らないこともあるかと思いますが、これからどうぞよろしくお願いいたします」

わざと明るく言ったエレオノールだったが、メイドたちの反応は冷ややかだ。

「まあ、そういうことにしておこう」

尊大に言ったミリアムは、気に食わなくても自分の仕事はまっとうしようと考えたのか、エレオノールに城の説明を始めた。

城の周りにある四つの建物は、それぞれ竜舎、兵舎、使用人たちの宿舎、そして会議や竜騎士団の仕事を行う場所とのことだ。城は第二皇子であるジークハルトの住居という扱いらしく、竜騎士団の人間も用がない限りは入ってこないという。

(いきなり現れたよくわからない女がそんな場所に住むって決まったら、確かに複雑な気持ちになるだろうな)

そう考えているうちに、説明を済ませたミリアムはメイドたちを引き連れて部屋を出ていった。

ひとりになったエレオノールはようやくひと息つき、子竜を抱いたまま部屋の中を歩き回ってみる。

（普段、どんなお客様をもてなす部屋なのかな。かなり立派な造りに見えるけど）

ひとりで使うには充分すぎる広さの部屋には、本棚やテーブル、暖炉やソファといった生活に必要なものがひと通り揃っている。

入って右手にある扉の先は寝室で、ここもまた落ち着かないくらい広い。

窓のそばにある大きなベッドに腰を下ろしてみると、身体が沈み込むほどやわらかく、思わず体勢を崩したエレオノールはそのままひっくり返ってしまった。

腕から投げ出され、ベッドの上にぽふっと落ちた子竜が抗議の鳴き声をあげる。

「ごめんなさい、私もびっくりしちゃったの」

エレオノールは慌てて起き上がり、自分と同じくひっくり返った子竜をベッドに座らせる。そうしているとまるでぬいぐるみのようだった。

「みゃあう」

「あなた、本当に猫みたいな鳴き声ね。本当はドラゴンじゃなくて猫なの？」

「みゃあ」

子竜は器用に両手でエラフィの角を持ち、がじがじとかじりだす。よほど気に入ったようだ。

その愛らしい仕草に、エレオノールの頬も緩んでしまう。

「これからどうなるんだろうね」

「みゃう？」

たとえ村人との交流がなくとも、長く住んだ村を離れるのは寂しい。

村を出る際に村長に事情を説明したが、厄介払いができると言わんばかりに安堵された。あれはきっと、村の総意だろう。

少し悲しくなったエレオノールだったが、目の前には守り育てるべき存在がいる。

「そういえば名前を決めてなかったね」

「みゃ」

子竜はエレオノールの言葉を理解しているのか、パタパタと尻尾を振って名づけを待っている。

（キラキラして、かわいくて、元気がよくて……）

子竜の鱗に反射した光がはじけるのを見て、エレオノールは小さく手を打った。

「リュースはどう？　古代の言葉で〝光〟を意味するの」

「みゃあ！　みゅ！」

子竜は持っていたエラフィの角を放り出すと、その場に手をついてくるくると回り始めた。まだ小さい翼を懸命にはばたかせ、精いっぱいの喜びを伝えようとしているふうに見える。

「みゃあっ」

「きゃっ」

勢いよく飛びつかれたエレオノールは、不意打ちのせいでまたベッドにひっくり返ってしまった。

胸の上に乗った子竜がかわいらしい声で鳴きながら、エレオノールに頬擦《ほおず》りする。

「そんなにうれしかったの？　よかった、ぴったりの名前をつけられて」

「みゃあ！」

「ここでの生活は大変かもしれないけど、一緒に頑張ろうね」

リュースは大喜びでエレオノールに頬を擦りつけ、子犬がするように甘えて舐《な》める。

くすぐったそうに笑うエレオノールと、みゃあみゃあ鳴くリュースの声は、その後もしばらく部屋に響いていた。

◇◇◇

一方その頃、子竜に名がつけられたとも知らず、ジークハルトは竜舎にてシュルーシュカの鱗を磨いていた。

竜騎士の多くは馬丁ならぬ竜丁に任せるものだが、ジークハルトはそうしない。

《なあに、それ。撫でているの？　もっとしっかりやってくれないと、このまま寝てしまいそうよ》

「うるさいぞ。人にやらせておきながら文句ばかり言うな」

第三者から見れば、低い唸り声をあげるシュルーシュカに対して、ジークハルトが独り言を言っているようにしか聞こえない。

ドラゴンは強靭《きょうじん》な肉体と、無尽蔵の魔力、そして人間には扱えない古代魔法を行使する知能があった。

そして非常に自尊心が高く、傲慢で、人間を取るに足らない弱者だと思っている。

そんな〝弱い生き物〟をわざわざ背に乗せてやるのは、なんらかの理由があってその人間を気に入ったからだ。

ゆえにドラゴンたちは心を許してやった人間たちが、自分たちを竜騎士と称することを認め、自分たちの持つ古代の英知の一端に触れさせてやるのである。

その英知のひとつが、「念話」と呼ばれる古代魔法だ。

音を言語に変換、脳に直接伝える古代の複合魔法は、ドラゴンにとってはたやすいが、人間にはかなり負荷がかかる。よって竜騎士たちは有事でもない限り、相棒とのやり取りを口頭で行った。

《別にやりたくないなら無理をしなくてもいいのよ。その代わり、次の遠征では私を呼ぶ時には宝石をくれなきゃ乗せてあげないわ》

「宝石ならこの間もくれてやったばかりだ。まだ足りないのか」

《逆に聞くけど、私の爪の先程度もない小石に満足するような雌《おんな》だと思っているの？　だとしたらどうして今日までつがいがいないのか納得ね。女心をなにもわかっていないんだから》

妖艶なシュルーシュカの声にくすくす笑い声が交ざる。そう聞こえているのもジークハルトだけだ。

《でもこれからは違うのかしらねえ、ジーク？》

「なにが言いたい？」

《あの子のこと、どうするつもり？》

ジークハルトは黒い鱗を磨く手を止め、おもしろがるように目を細めたシュルーシュカを見上げた。

「……子竜は帝国の傘下で育て上げる。あの極光色の鱗は間違いなく希少種のものだ。帝国の新しい力になる」

《私だって子どもの頃は、紅玉《こうぎょく》みたいな真っ赤な鱗だったのよ。あの子がどう育つかなんて、まだわからないわ》

そう答えてから、シュルーシュカは鼻を鳴らす。

《私が言いたいのはそういうことじゃなくて。わざとごまかしているの？　私が言っているのはおちびちゃんじゃなくて、あの人間の雌のことよ》

シュルーシュカは丁寧に折りたたんでいた翼を軽く広げた。

皮膜もちゃんと手入れしろ、という意味である。

傲慢な雌ドラゴンの態度にあきれながら、ジークハルトはエラフィの皮を加工した磨き布を手に、シュルーシュカの背に乗った。

「ラスのことを言っているなら、ひとまず城に置いておく」

《あら、大丈夫なの？》

「ミリアムに任せておけば問題はない」

メイド長はかつて、ジークハルトの父、ベルグ皇帝のもとで働いていた。

優秀で下の者からの信頼も厚いメイドということで、遠方で暮らすジークハルトのために皇帝が下げ渡したのだ。

《あの人、嫌いよ。私たちを見る目に敬意を感じないもの》

仲間もそう言っているわ、とシュルーシュカが続ける。

彼女の言う仲間とは、竜舎にいる竜騎士団のドラゴンたちのことだ。

「ラスが同じように思っているとしても、子竜の世話をしたいのならのんでもらう」

《意外ね、取り上げるのかと思った》

「約束を違《たが》えたくはない。なにより、彼女には恩がある。それに……」

皮膜の汚れを拭うジークハルトの目が遠くなる。

(彼女は、俺の――)

《私を置き去りにして馬で出かけた日のことね》

恩と聞いていつの話なのかを悟ったシュルーシュカがちくりと言う。

「まだ気にしていたのか?」

《私がいるのに、馬なんて愚鈍な生き物に乗るなんてどうかしているわ》

嫉妬《しっと》したような言い方だが、シュルーシュカにそのつもりはない。

彼女は竜舎にいるどのドラゴンよりも傲慢で、だからこそ〝自分より劣った生き物〟を選んだジークハルトにあきれ、不快感を示している。

「もしもお前を連れていたら、バトラコスごとあの花畑を焼き尽くしていただろうな」

《まあ！　私を理性のない獣のように言わないでちょうだい。だいたい、私なら焼き尽くすんじゃなくて――》

そう言いかけて、シュルーシュカはふと口をつぐんだ。

そして、くっくと喉の奥で笑いを押し殺す。

《あなたも強運の持ち主よねえ。この私に触れることを許されただけじゃなく、古代魔法を扱う人間と、希少種のドラゴンの子どもに出会えたんだから》

「……古代魔法を扱うだと？」

《怪我の手当てをしてもらった時に気づかなかった？　あの日、あなたの身体に残っていた魔力の痕跡は、私たちや耳長《みみなが》の使う魔法と同じものよ》

シュルーシュカはエルフを耳長と呼ぶ。言葉通り、人間とは耳の長さが違うからだ。

《人間なんかじゃ扱いきれないもの……というより、どこで学んだのかしらね。耳長が人間に教えるはずもないし》

「知っていたならどうして言わなかった?」

《聞かれなかったもの。それに、今思い出してあげたんだから感謝なさいよ》

ジークハルトは溜息をついて、ほんの少し恨みを込めてシュルーシュカの皮膜を強くこすった。

強大なドラゴンにとって大した刺激ではなかったようで、シュルーシュカは満足げに目を細めている。力加減が気に入った様子だった。

「どうしてあんな辺鄙《へんぴ》な村に住んでいた女が……」

《さあ? でも、希少種の卵を持っていたことといい、ただ者じゃないのは確かかね》

「……それをわかっていたから、『子竜の世話係として連れて帰れ』と言ったのか?」

ラスから子竜の卵を回収しようとしていたジークハルトに、シュルーシュカが余計なことを言ったのがすべての始まりだ。

彼女の言い方は『むさくるしい雄《おとこ》だらけの巣が快適だと思って? 子どもには母親が必要よ。特に、あなたに立ち向かうような逞しい雌がね』と、普段と変わらずおもしろがるようなものではあったが。

ちなみにシュルーシュカが面倒を見ないのは、『興味を惹かれないから』というわかりやすい理由によるものだ。

《あら、他意なんてないわ。私は雌《おんな》として当然の意見を伝えただけよ。ここにいる雄《おとこ》たちに子どもの世話なんて無理でしょうからね》
「……本当に、それだけか？」
《それだけじゃなかったら、なんだと言うの？》
きらりとシュルーシュカの赤い瞳がきらめく。それはジークハルトでなければ、悲鳴をあげてもおかしくないほど迫力のある眼差しだった。
《乙女の秘密を知りたいなら、もう少し上手に聞き出してみなさい》
「……もういい」
彼女《シュルーシュカ》はドラゴンという種族の例に漏れず、謎かけや問答、そして秘密を好む。おそらくはなんらかの秘密を持っているのだろうが、今の彼女に正攻法で聞いたところで答えるつもりはないだろう。
ジークハルトは相棒の性質をよく理解していたため、それ以上聞くのを諦めた。
黙り込んだジークハルトが作業に戻ると、再び念話が響く。
《ラス、だったわよね。彼女はあなたの捜している雌？》
「……いや、違った」
そう答えたジークハルトの声は少し寂しげだ。

（そうだったらいいとは思ったが……）

定期的に地上での偵察も行っているジークハルトは、あの日、シュルーシュカではなく馬に乗って死の森の近くまで向かった。

数年前に奥地で火災が起きて以来、森はずっと沈黙を保っており、大きな変化は見られない。

これならしばらくは問題も起きないだろうと帰路につく途中、甘い花の香りに誘われて、少し周囲を見てみようと寄り道をした結果、出会ったのがラスだ。

ジークハルトはその時のことを思い出し、胸に小さな疼《うず》きを感じながら自身の目を覆うように手を押し当てた。

《とてもきれいな色ですね。宝石みたい》

彼女は、ずっと忌むべき対象だったジークハルトの紫の瞳を見てそう言った。

手当てをしていた時の厳しく真剣な表情とはまったく違う、温かで優しい笑みを見るに、ラスの言葉は本心からのものだったのだろう。

ジークハルトは素直にラスのことをもっと知りたくなった。

（こんなことになるなら、もう一度会って話したいなど思わなければよかった）

転ぶ彼女を抱き留めた時から、華奢《きゃしゃ》な身体の感触が腕から消えなくなってしまった。

鈴を転がすような美しい声も、赤面しながら浮かべた甘い笑みも、帰城してから
ずっとジークハルトの胸を疼かせていたから、理由をつけてまで会いに行ったのだ。

それなのに、今のジークハルトとラスの関係は子竜を奪う者と奪われる者になった。

対立して以来、ラスはジークハルトに対して厳しい態度を取り続けている。

（もう彼女が俺に笑いかけることはないだろう）

ジークハルトは自分の両手を見下ろし、苦い息を吐いた。

腕の中には、シュルーシュカに騎乗した際、抱き支えたぬくもりが残っている。

（俺は俺のすべきことをするだけだ）

ジークハルトは複雑な感情を忘れようと相棒の手入れに精を出すことにした。

やがて尾の手入れに移行した頃、竜舎に使用人がやって来る。

「殿下、ラス様のお部屋が整ったと連絡がありました」

「そうか、ご苦労だった」

そう言って、ジークハルトはシュルーシュカの尾に軽く触れた。

「様はつけなくていい。ほかの使用人と同じように扱え」

「かしこまりました。それでは、今後の扱いもそのように……？」

「そうしてくれ。任せた仕事は特殊だが、本人まで特別扱いする必要はない」

《あら、いいの？》

話を聞いていたシュルーシュカが首を突っ込んでくるも、ジークハルトは軽く睨んで黙らせた。

代わりに使用人に命じる。

「彼女の住んでいた村に人を送れ。どういう人物なのかを知りたい。いつからドラゴンの卵を持って生活していたのかも含めてな」

「承知いたしました」

古代魔法を使い、希少種の卵を隠し持つ奇妙な人間を放置するのは危険すぎる。

（なにも問題がなければいい）

当然のようにそう考えてしまったジークハルトは、そんな自分に対して内心舌打ちを漏らした。

◇◇◇

ルストレイクに来て、十日が過ぎた。

その間ジークハルトは一度も姿を見せず、エレオノールから会いに行くこともない。

どうやら多忙を極めているようだったが、それを喜んでいいのか悪いのか、エレオノールにはわからなかった。

なにより、城での生活はエレオノールにとってお世辞にも素敵なものだとは言えず、自分の生活を送るだけで精いっぱいだった。

(まあ、こういうことには慣れているんだけど)

川に隣接した洗濯場にて大量のシーツや衣服を洗いながら、ふうっと息を吐く。

城の裏門から出た道を数刻ほどかけて歩くとたどり着く巨大な川には、春を迎えたにしては寒々しい冷気が漂っていた。

流れを目で追うと、名も知らない高い山がある。

雲に隠れた頂上はよく見えないが、うっすらと白くなっているのを見る限り、雪に覆われているようだ。

(手が切れちゃいそう)

冷たい水に触れ続けたせいで、手はすっかり赤くなっている。

水をすくうように形を作ると、エレオノールはそこに温かい息を吹きかけた。その程度ではとても温まりそうにないが、かじかんだ指先にほんの少しだけ感覚が戻る。

なぜ、エレオノールが洗濯物をしているかというと、彼女自身がメイド長に手伝いを申し出たからだ。

（なにもしないのは、ちょっとね）

待遇はよくとも、使用人たちの反応は悪く、エレオノールが城内を歩くと、いつも不快そうな顔をされた。

それならばとおとなしくリュースの世話に専念しようとしたエレオノールだったが、この子竜は非常に手のかからない生き物だった。

だからほかにできることを求めて、手伝わせてほしいと願ったのである。

（それはいいんだけど……）

エレオノールは濡れた手を腹に滑らせた。それとほぼ同時に、くうと音が鳴る。

（もう少し食事に融通がきけばよかったのに）

ルストレイクに来てからの食事は、朝と夕方の二回。

一食の量は決して多いとはいえず、さらにリュースがエレオノールの食べるものを欲しがるせいで、常に空腹だった。

（ドラゴンの子どもが、生肉や山羊《やぎ》の乳よりも、木苺《きいちご》のジャムが塗られたパンを好むなんて誰も知らないに違いないわ）

食事量が足りないことについてミリアムに相談してみたが、決められている内容と量は勝手に変更できないらしい。

『だからといって殿下に直接お伺いを立てようとは思わないで。私たちと同じ使用人として扱うよう命じられているのに、あなたにそれを破られたら意味がないわ』

ミリアムの言葉を思い返し、エレオノールは嘆息する。

(もしかして嫌がらせのつもり、とか)

ジークハルトを思い浮かべながら、再び冷たい川の水で洗濯を始める。

彼はエレオノールを子竜と引き離したがっていたし、いつまでもこの城に置くつもりはないようなことも言っていた。

(もしそうだとしたら、軽蔑するわ。初めて会った時は素敵な人だと思ったのに)

今も、転ぶところを助けられた時を思い出すと顔に熱が集まる。それが悔しい。

(早く私に出ていってほしいと思ってるんでしょうけど、そうはいかないんだから。お腹が空くくらいなによ。こんなの、昔に比べたら……)

そう考えて、エレオノールは苦笑する。

(やめよう、あの頃のことを思い出すのは)

生家での嫌な日々がよみがえりそうになり、首を軽く振って遠ざけた。

そしてその気持ちをぶつけるように、ごしごしと力を入れて洗濯物を洗う。

（文句も言えないくらい働いて、城の人たちにも認められたら、いつかリュースと元の生活に戻っていいって言ってもらえるかもしれない。空腹なんかに負けるような私じゃないって思い知らせてやるわ……！）

相変わらず使用人たちとの距離は縮まらないが、こんなふうに仕事を任されているからにはある程度認められている部分もあるのだろうと、エレオノールは前向きに考えていた。

大量の洗濯は、いつも昼を少し超えたくらいの時間に終わった。

帰城したエレオノールはすべての洗濯物をきれいに干した後、リュースの待つ自室に戻ってベッドにひっくり返った。

「みゃあ、みゃあ」

「ちょっとだけ休ませて……」

鼻を押しつけてくるリュースの頭を撫でると、なめらかながらもごつごつした手触りだ。つるつるした岩を触っているのに近い。

卵を出た時からあまり成長していないように見えるが、よく鳴くようにはなった。

「みゃ」

「あなたはいっぱい寝ないとだめだからね。寝る子は育つって言うでしょ?」

目を閉じればそのまま眠ってしまいそうな倦怠感《けんたいかん》の中、エレオノールはリュースに話しかけて意識を保とうとする。

――ここでの朝はエルフのもとで過ごした時ほどではないにしろ、人間にしてはかなり早かった。

鶏の鳴き声が聞こえる前に目覚め、まずは厨房《ちゅうぼう》まで井戸の水を運ぶ。

水桶《みずおけ》一杯では当然足りないから何度も何度も往復し、終わったところで朝食をもらって部屋に戻ると、今度はリュースの餌やりの時間だ。

少ない朝食に物足りなさを感じる余裕もなく、次は川まで洗濯に向かう。

井戸で済ませればいいのではないかと提案したが、井戸の水は飲料用であり、汚れたものを洗うために使うなんてとんでもないとのことだった。

洗濯を終えたら、残りの時間のほとんどを城の掃除に使う。

城中の掃除を任されてはいるものの、慣れない作業なのもあって仕事には穴が多い。

その不足分をほかのメイドたちが埋めているのだ。

申し訳ないと思っているが、今のところうまく時間内に、そして完璧に掃除できたことはない――。

エレオノールは身体を起こして、両頬をぱちんと軽く手で叩いた。

「いけない、寝ちゃう」

「みゃあ」

猫のように鳴くと、リュースはエレオノールの腹部に向かって飛び込んだ。

幼いながらもしっかり重量感のある塊がめり込み、エレオノールの口からうぐっと声が漏れる。

「まずは人に体当たりしちゃだめって教えるところからかな……」

どんなにかわいい鳴き声をあげても、愛らしい目で見つめてきても、リュースはエレオノールの生活を破壊した黒い魔物に近い生き物だ。

リュースはきゅるんと目を丸くしてエレオノールを見つめ、また小さく鳴く。

「……恐ろしいドラゴンになんて、させない」

脳裏に浮かんだのは、すべてを奪った魔物の禍々《まがまが》しい姿。その姿はエレオノールの中で、ジークハルトを背に乗せたシュルーシュカと重なった。

一向に使用人たちとの距離は縮まらず、ジークハルトともいっさい顔を合わせない日々を過ごしていたある日のことだった。

洗濯物を干し終えたエレオノールのもとに、そばかすが目立つメイドがやって来る。

「小麦が届いたの。倉庫に運んでおいたから、厨房に届けてくれる？」

エレオノールは裾を軽く払い、申し訳なさそうに眉を下げた。

「わかりました。私の代わりに運んでくださってありがとうございます」

「……別に、そういうのじゃ」

気まずそうに言うと、メイドは話すのを拒むように背を向ける。

「あっ、待ってください」

「なに？　もう用は伝えたんだけど」

「どのくらい運ぶかは聞いていますか？　届いたものすべてではないでしょう？」

「行けばわかるから」

メイドはエレオノールを振り返らず、来た時よりも急ぎ足でその場を立ち去った。

（やっぱりまだ仲良くなるのは難しそう）

それなりに頑張っているつもりでも、まだ先は長い。

エレオノールは苦笑しながら、倉庫に向かって歩きだした。

倉庫は城の裏手にあり、人がほとんどやって来ない。

警備がいてもおかしくない場所に兵士の姿がないのは、城の人間が妙な真似をするはずがないという城主の強い信頼を感じた。

　この城でたびたび感じるそれに、エレオノールはいつも少し心細さと寂しさを覚える。ジークハルトは城内の人間を信用しているが、エレオノールはそこに含まれていないのだ。

　辺境の村の人々も、目には見えない連帯感を持っていた。その〝身内〟の枠に入れないことは、いくら独りの時間を過ごしても慣れそうにない。

　エレオノールは倉庫に到着すると、扉の閂《かんぬき》はすでに開いていた。

「お邪魔しまーす……」

　なにも言わずに入るのも気まずくて、小声で言いながら暗い倉庫に足を踏み入れた。

　開け放した扉から差し込む日の光を頼りに、目的のものを求めて先へ進む。

　倉庫といっても中に収められているのは食糧だけだ。

　それほど広くはないが、代わりに地面を掘って造った地下室がある。そこの温度は低く、悪くなりやすいものを保管していた。

「運んだばかりなら、手前にありそうだけど……」

　外よりもひんやりした空気に身体を震わせながら、エレオノールは小麦の入った袋を捜し始める。

その身体が倉庫の奥に入った時だった。

ぎぃっとなにかを引きずるような音がした後、ばたんと勢いよく扉が閉まる。

「えっ、嘘。待って！」

すぐにエレオノールの目の前が真っ暗になった。

慌てて扉に向かうも、なぜかどんなに力を入れても開く気配がない。

「誰かいるの？　開けてください！　まだ私が入ってます！」

扉を閉めた何者かに気づいてもらおうと、内側から叩いて自分の存在を伝える。

しかし外からはなんの音もせず、闇の中にエレオノールの声が響くばかりだった。

「お願い！　開けて！」

ただならぬ事態が起きていると判断したエレオノールの声が恐怖に揺らぐ。

（もしかして閉じ込められた……？）

嫌な予感のせいで、外よりも寒いのに背中に汗が伝った。

「開けて！　開けてください！」

手が痛くなるのもかまわず扉を叩いて叫ぶも、やはり誰も応えてくれない。

目の前さえよく見えない暗闇にいつまでも目が慣れず、やがてエレオノールはその場にへたり込んだ。

「どうして……」

先ほどとはうってかわって弱々しく扉を叩きながら、小さく声をあげる。

次第にその音の間隔が開いたかと思うと、エレオノールは膝を抱えて震え始めた。

(違う。ここは――〝あの地下室〟じゃない)

違う、違う、と何度も自分に言い聞かせているのに、刻まれた恐怖がよみがえる。

あれは何歳の頃だったか。

少なくともエレオノールが伯爵家を追放される前だから、七歳よりも以前の話だ。

その日、まだラフィエット家のひとり娘として扱われていたエレオノールは、彼女のかわいそうな待遇を哀れんだメイドから一冊の絵本をもらった。

それは、いずれ聖女と呼ばれるようになる幼いお姫様が、父親である国王のために贈り物を探すという物語だ。

『お父様のために作ったとっておきの贈り物なのよ!』

『こんなに素晴らしいものをもらえるなんて、私は世界で一番幸せな父親だ』

姫君が一生懸命刺繍を施した絹のハンカチを受け取った国王は、それはそれはうれしそうに笑って、愛娘をぎゅっと抱きしめていたのだ。

その姿がうらやましくて、エレオノールは部屋にあった白いハンカチに何日もかけて刺繍を施した。

そうしてできあがった拙《つたな》い刺繍入りハンカチを渡されたラフィエット伯爵は、絵本と違って笑顔を浮かべるどころか激しくエレオノールを罵った。

『ごめんなさい、ごめんなさい……！　ぎゅってしてほしかっただけなの！　もうこんなことしないから！　いい子にするから……！』

伯爵の怒りを買った結果のお仕置きは、屋敷の地下室に一日中閉じ込められること。

四方から迫る暗闇と恐怖に襲われたエレオノールが地下室を出された時、その顔は涙でぐちゃぐちゃになっていた。

心の傷を刺激され、エレオノールの瞳から涙が溢《あふ》れ出す。

（誰か助けて……）

永遠にも思えるほどの時間が過ぎた頃、不意に外で物音がした。

うつむいていたエレオノールがのろのろと顔を上げると、目の前の扉が開いている。

そして、そこには誰かが立っていた。

逆光でよく見えないその人は、エレオノールの瞳に黒い影のように映る。

「こんなところでなにを……」

「あ、ぁ」

エレオノールは誰が助けに来てくれたのかわからないまま、膝をついて様子をうかがおうとした相手にすがりついた。

「おい、落ち着け」

自分以外のぬくもりから離れられなくなったエレオノールは、その人物に抱きついて広い胸に顔を押しつける。

「ごめ……ごめんなさい……いい子にするから……」

「どうしたんだ、ラス。いったいなにがあった?」

優しい声で言われても、今は答えられる状況にない。

「う……うぁ……ふぇ……」

「泣くな。もう大丈夫だから」

背を撫でる優しい手の感触に甘え、エレオノールはしばらくすすり泣いていた。

◇◇◇

「今は寝かせてやれ」

ベッドにラスを寝かせたジークハルトは、そのお腹に飛び乗ろうとした子竜をすんでのところで止めた。

両脇を抱えられた子竜は不思議そうな顔をしていたものの、それならそれでと言わんばかりにジークハルトに擦り寄る。

そしてすぐ、顔を寄せた胸もとが湿っていることに気づいて首をかしげた。

「あみゃ？」

「気にするな」

そう言って椅子を引き寄せ、ベッド脇に座ると、泣き疲れて眠るラスに目を向ける。

「お前、ここでどんな生活を送っていたんだ」

問いかけられた子竜がまた首をかしげる。

「みゃあ、みゃあ」

「……悪い。シュルーシュカと同じ感覚で話しかけていた。念話はまだ使えないか」

「んみゅう」

言っていることを理解しているのかいないのか、子竜はジークハルトの腕にすっぽり収まると、袖についたボタンで遊びだした。

愛らしい姿だが、ジークハルトの顔つきは厳しい。

（状況から推測するに、誰かが間違えて扉を閉めてしまい、倉庫から出られなくなったのだろう。……だが、それだけであんなふうになるものなのか？）

ひくりと眠っているラスが小さく喉を鳴らす。

まだ夢の中でも泣いているのかもしれないと、ジークハルトは彼女を安心させるために手を握ってやった。

（それに、以前より痩せ細っている）

ジークハルトは今までに三度、ラスを抱きしめる機会があった。

最初の二度はやわらかさとたおやかさに動揺しただけだったが、今回はそんな気持ちにもなれないほど、不穏な変化を感じ取っている。

顔を見ても、ここに来た時とそれほど違いはない。しいて言うならば、少し顎の線がほっそりした程度か。

しかし抱きしめると異変が際立った。

もともと細身だったのが、今は吹けば飛びそうなほど弱々しくなっており、握った手にも力がない。

（それほど子竜の世話が忙しかった……というわけではなさそうだな）

ラスにはほかの使用人と同様、一日に二度の食事を与えている。

さらに言うなら、ここはジークハルトの――ベルグ帝国第二皇子の居城だ。

しかも皇帝からも有能だとお墨付きのメイド長まで世話役についている。

使用人といえど、もともと住んでいた辺境の村での食生活より、ずっとまともな食事をしているはずである。

それなのになぜ、という思いが拭えない。

「みゃ」

ジークハルトが考え込んでいるのには気にも留めず、子竜は膝の上で遠慮なく昼寝の体勢に入った。

そちらを手であやしながら、ジークハルトはラスの手をそっと握りしめる。

(いくら遠征の準備に忙しいからといって、放っておいていいはずがなかった。もう少し気にかけてやるべきだったというのに)

特別扱いするなと使用人に命じたように、ジークハルトもまたラスをそう扱わないよう心がけていた。

しかし今のラスの姿を見る限り、それは間違っていたように思う。

(見知らぬ場所での生活を強要されて不安だっただろうに)

彼女が住んでいた村に送った者は、ラスが人とかかわらずに生活していたようだと語った。

死の森で激しい火災が起きた後に卵を抱えてふらりと現れ、流行り病で苦しむ人々を持っていた薬で治したという。

自分のことを決して語らず、周囲に馴染もうとしない彼女に踏み込もうとする者はひとりとしていなかった。

ゆえに村人たちはラスがどこから来たのか、どうして村に現れたのか、知らないと。

ジークハルトは子竜をあやしていた手をラスの頬に滑らせた。

抜けるような白い肌は陶器のようだが、今は褒め言葉にならない。それほどラスの顔色は不健康さを示していた。

「……すまない」

生きているとは思えないほど冷たい頬をなぞり、ジークハルトは唇を噛みしめる。

笑顔をもう一度見るどころか、怯《おび》えた泣き顔を見てしまったことが、ジークハルトの胸に苦い後悔を生んでいた。

『おんな』同士の秘密

倉庫から出られなくなった事件から数日、今日もエレオノールは大量の洗濯物をカゴに入れて運びながら、首をひねっていた。

(あの時、私を部屋まで連れていってくれたのは誰だったんだろう)

あの日、気がつくと自室のベッドに寝ていた。

どうやって自分が倉庫から出たのか、いつ部屋に戻ったのかをまったく覚えておらず、途方に暮れてしまう。

暗闇のせいで嫌な過去を思い出したところまでは覚えているが、その先の記憶がふつりと途切れてしまっているのだ。

記憶を失う程度には普通の状態じゃなかったとわかっているから、自分で部屋に帰ってきたのではなく、誰かが助け出してくれたんじゃないかと思っているのだが、いまだにその相手が誰なのかわかっていない。

(ちゃんとお礼を言いたいのにな)

倉庫から脱出した翌日に、エレオノールは件《くだん》のメイドに会いに行った。

エレオノールが倉庫にいることを知っているのは彼女だから、助けてくれたのももしかしたら彼女ではないかと思ったのだが、どうやら違ったようだ。

メイドは、エレオノールが開口一番に礼を言ったのを聞いてぎょっとしていた。

その反応を見て助けてくれたのは違う人らしいと判断し、エレオノールは倉庫の扉の欠陥について話したのだった。

暗闇の恐怖を知っているからこそ、自分以外の誰かが怖い思いをしないようにと伝えたのに、そばかすのメイドは『わかった』とあしらうように言って足早に立ち去ってしまった。倉庫の扉が直ったのかどうかはわかっていない。

（建て付けが悪かったのかもしれないし、修理されているといいんだけど。でも、倉庫には行きたくない）

すっぽり記憶が抜け落ちているのもあって、恐ろしい思いをしたわりにエレオノールは元気だった。

最近は空腹続きで眩暈《めまい》を感じるが、ここでへばってはこの城の人々に受け入れてもらえないと気合を入れて頑張っている。

今日も積み上げられたシーツで重くなったカゴを抱え、川へ向かうべくよろよろ歩いていたその時、さすがに無理がたたったのか、くらりと目の前が揺れた。

「あっ」

カゴの重さもあって後ろにひっくり返りかけるも、背後のやわらかいなにかに当たって事なきを得る。

「ご、ごめんなさい」

そう言いながら、衝撃で落ちたシーツを拾おうとすると、エレオノールを抱き留めた何者かがそれを止めた。

「ほかのメイドはどうした」

この声には聞き覚えがある。

（まさか……？）

恐る恐る顔を上げたエレオノールは、自分の代わりにシーツを拾った男——ジークハルトと思いきり目を合わせてしまい、慌ててまたうつむいた。

「恥ずかしいところをお見せしてしまい、申し訳ございま——」

「ほかのメイドはどうしたと聞いている」

ジークハルトの声はひどく張りつめている。

（これは明らかに怒っている……）

久々に会ったのもあり、エレオノールの気まずさは頂点に達していた。

これは彼の神経を逆なでしないほうがよさそうだと判断し、エレオノールは自分を守るようにカゴを抱きしめて曖昧な笑みを作る。

「いつもこの時間はひとりです。ほかのメイドはいません」

「……なんだと？」

「私が洗濯を担当しているので、ほかの方は別の仕事をしているのだと思います。誰がなんの仕事をしているのかまでは把握していません。……申し訳ございません」

ジークハルトに思うことはあるが、一応は雇い主である。

果たしてどんな反応があるかとはらはらしていたエレオノールは、ジークハルトが苛立たしげに眉根を寄せたのを見て、無意識に背筋を正した。

ジークハルトはしばらく黙った後、地の底を這《は》うような声で言う。

「参考に聞かせろ。お前はいつも、なんの仕事をしろと言われている？　そもそも仕事は子竜の世話ではなかったのか？」

「リュースの世話だけでは、いただいている待遇にふさわしくないと思いましたので。手のかからない子ですし、仕事を手伝わせてほしいと私からお願いをいたしました」

リュース、とジークハルトが子竜の名を反芻《はんすう》する。

「いただいた仕事は、朝早く井戸の水を汲《く》んで厨房に運ぶこと、洗濯物を洗って干すこと、城の掃除をすること、夕食後の厨房を片づけることの四つです。ときどき違う仕事を差し込まれる時もありますが、基本的に一日の流れは変わりません」

「同じ仕事をする者は？」

「おりません。私ひとりで担当しています。新参の私が皆さんの手をわずらわせるわけにはいかないので……」

ジークハルトが自身の額に手を当てて低く呻《うめ》いた。

「その量を一日に、しかもたったひとりでやれと言われてなにも思わなかったのか？」

「大変だとは思いましたが、別に……？」

ジークハルトに言われて仕事の内容を振り返るも、やはりこれといって疑問はない。

「これだけ大きなお城ですし、忙しいのは当然だと思っていました。手伝うことで少しでも皆さんに馴染めるなら、それでいいかなと」

「……この間も気を失ったのに、『忙しいのは当然』だと？」

「え？」

低い声に苛立ちが増したように感じ、エレオノールは不安げに問いかける。

「気を失ったというのは、いつの話ですか……？」

「倉庫でのことだ。覚えていないのか？」

「あの時助けてくださったのは、もしかして……」

思いがけず恩人に出会えて喜ぶも、相手が相手なだけに気まずさが残る。

(この人はリュースを戦争に連れ出そうとするひどい人なのに)

そんな思いを消しきれないが、助けてもらったのは事実だ。

エレオノールはジークハルトに向かって素直に頭を下げ、感謝を示した。

「助けてくださってありがとうございました。お礼を言うのが遅くなってしまい、申し訳ありません。あの時のことはよく覚えていなくて……」

そう伝えるも、ジークハルトからの返答はない。

訝しく思ったエレオノールが顔を上げると、ジークハルトはなにか言いたげな表情で唇を引き結んでいた。

(迷惑をかけたから怒っている……?)

じっと見つめてくる視線が痛い。

まるでとがめられているようだと思ったエレオノールは、慌てて言葉を続けた。

「扉の調子が悪くなっていることは伝えておきました。もうあんな失態はいたしませんので、ご安心ください」

「……本当になにも覚えていないんだな」

「それも申し訳ございません。なにか粗相をしてしまったでしょうか……？」

緊張しつつ尋ねると、ジークハルトは再び眉間に皺を寄せた。

「食事は足りているのか？」

「えっ、あ、はい。……はい？」

咄嗟に答えたエレオノールだったが、質問の意図をはかりかねて聞き返してしまう。

「本当に？　充分な量だと？」

「いえ、その。もう少しいただけると……うれしい、です」

なんだかとても図々《ずうずう》しいお願いをしているようで、どんどん声が小さくなる。

「リュースが私の食事を欲しがるので……」

「……わかった」

なにがわかったのか、とエレオノールが聞く前に、ジークハルトは洗濯物が入ったカゴに手をかける。

「今日の仕事はいい。これは俺がやっておく」

「だっ、だめです！　城のご主人様にそんな真似をさせるわけにはいきません！」

重いカゴを軽々と持つジークハルトの力強さに、以前抱き留められた時の腕の逞しさを思い出して赤面するも、今は照れている場合ではない。

エレオノールは慌ててカゴを取り戻そうとしたが、想像以上にジークハルトの力が強く、とても奪い返せそうになかった。

「離してください、これは私の仕事なんです……っ」

「今にも倒れそうな顔をしているくせに、なにを言っているんだ」

「この顔はもともとです！」

「いいから邪魔をするな。お前は部屋で休んでいろ」

「そういうわけにはいきません……！」

どういう意図があってこんなことを言いだしたかはわからないが、嫌がらせとしか思えない。ここで素直に仕事を任せるのは後が怖すぎる。

必死にカゴを取り戻そうとするエレオノールだったが、あまりにも夢中になりすぎて、滑り落ちそうになっているシーツに気がつかなかった。

「あっ」

気づいた時にはもう遅く、シーツは地面に落ちてしまった。

しかも先ほど落ちたものとは違い、土がついて汚れている。

シーツを拾ったジークハルトは、それをエレオノールの目の前でわざと見せつけるように左右に揺らした。

「俺のせいで汚れてしまったな。手伝おう」

「それはずるいです……」

「なんとでも言え」

洗濯物のカゴを奪われたエレオノールは、さっさと歩きだしたジークハルトの後を慌てて追いかけた。

「私だって手伝いますからね。あなたにばかりやらせるつもりはありませんから！」

「張りきるのは結構だが、仕事が大変だと言ったのはお前自身だろう。だったら無理をせず、素直に休んだらどうだ」

「大変だってわかっているから、あなたにやらせられないんじゃないですか……！」

売り言葉に買い言葉で返しながら、エレオノールは胸の奥がむずがゆくなるのを感じていた。

（本当なら洗濯なんてしなくていい身分なのに、どうして）

しかたなく、エレオノールはジークハルトに付き従って歩きだす。

もう反抗しないと判断したようで、ジークハルトの歩調もエレオノールに合わせて緩んだ。

「……お手伝いしてくださったとしても、リュースは渡しませんよ」

そんな言い方しかできなくて後悔するも、返ってきたのは強気な笑い声だった。

「いい名前をつけたな。あの子竜にぴったりだ」

「べっ……別に褒められたくてつけたわけではありません、けど……。……ありがとうございます」

ごにょごにょと小さくなる声には、気恥ずかしさが込められている。

(こんな言い方しかできないなんて、私、すごく嫌な人間だ。いくらひどい人でも、何度も助けてくれたことに変わりはないのに……。せめてもう少しかわいげのある言い方をしたらどうなの？)

エレオノールは自分を叱ってからすぐ、はっと気づいて赤くなった。

(この人の前でかわいげなんて必要ないじゃない)

「おい、置いていくぞ」

呼びかけられ、いつの間にか立ち止まっていたと気づいたエレオノールは、また慌ててジークハルトのもとへ駆け出した。

それ以来、エレオノールの仕事から洗濯が減った。

ジークハルトがミリアムに命じたようで、やらなくてもいいと連絡があったからだ。

ほかの仕事は相変わらずだったが、ひとつ減るだけでもずいぶん助かる。

おかげで以前ほどくたくたになる日々を送らずに済み、リュースと交流を深める平和なひと時を享受できるようになったのだが、そんな中、エレオノールの胸を騒がせる出来事が起きた。

ジークハルトを含めた竜騎士団の一部団員が遠征に赴くことになったのだ。

ベルグ帝国は領土が広い分、なにかと問題の多い国である。

領内の少数民族がほかの領民と諍《いさか》いを起こしたり、魔物の異常発生が起きたりと、隣国のリヨン王国に比べればかなり騒がしい。

そのため、空を自在に駆ける竜騎士団が事前に情報をかき集め、問題の拡大化、長期化を防ぐために奮闘する。

すでに発生した争いに介入したり、魔物の討伐を行ったりと、皇帝や議会の承認を待たずに独断で動けるのは、第二皇子のジークハルトが団長を務めているからだ。

よって、領内を長期間空けることになろうと、ジークハルトが遠征隊に加わらねばならないらしい。

(仕事をしている姿を見かけなかったけど、皇子としても竜騎士団長としてもちゃんとしていたのね)

なんとも失礼なことを考えていたエレオノールだったが、危険が伴う任務にあたるジークハルトに思うところがないわけでもない。

(仮にも皇族なのに、わざわざ一番危険な立場にあるのはどうして？　皇族だからこそ、先陣を切らなければならないとか？　あの人ならそう考えてもおかしくなさそう)

ジークハルトが部下を引き連れてシュルーシュカと飛び立った夜、エレオノールは窓辺に座って眠れない時間を過ごした。

(あの人とはいまだにどう接したらいいのかわからない。私がリュースの引き渡しを拒むのは正しいことでいいのよね……？)

テレー亡き後に家族として過ごした卵――から孵ったリュースを戦場に送り出したくはない。しかし帝国で生きる多くの人々からすると、この国を守るドラゴンは一匹でも多いほうがいいのだから、エレオノールのしていることは悪だ。

そして、ジークハルトもエレオノールに対してそう思っている。

(……やっぱり彼に嫌われるのは、胸が痛い)

エレオノールはジークハルトの紫水晶の瞳を思い出して息を吐いた。

あの瞳がほかの人々と同じように拒絶の色を浮かべるところを見たくないと思っていたのに、こんな関係になってはもうどうしようもない。

家族に疎まれ、エルフや村人たちからは遠巻きにされ、そうした扱いを受け入れるのが当然だったのに、だ。

「あみゃあ」

星空を見ていたエレオノールの足もとで、いつもより緩慢な鳴き声が聞こえた。

「どうしたの、リュース。起きちゃった？」

「みゃあ……」

「私もなの。おいで」

孵った頃よりひと回り大きくなった子竜を膝にのせ、エレオノールは目を閉じる。

「……無事に帰ってきたらいいね」

リュースを撫でながらつぶやいたひと言は、エレオノールも自覚していなかった本心だった。

ジークハルトが遠征に向かっておよそ十日が過ぎた。

自分でも理由がわからないまま、よく眠れない夜を過ごしていたエレオノールは、いつもと違って外がひどく騒がしいことに気がついた。

（こんな時間に、なに？）

窓から外を見ると、表門のほうにちらつく明かりが見える。

なにが起きているかよく見えないが、嫌な胸騒ぎがしたのもあって、エレオノールはすぐに身支度を整えた。

そのせわしない動きが気になったようで、リュースが眠そうにあくびをする。

「みゃあ……？」

「なにかあったみたいなの。確認してくるから、ここでいい子にしていてね」

「みゃうぅ……」

聞き分けた様子のリュースがまたあくびをし、最近お気に入りのクッションの上で身体を丸めた。

（……よし）

外の寒さを防ぐために上着を羽織ると、エレオノールは急ぎ足で廊下に出た。

転ばないように階段を下りて城の外へ出た瞬間、鼓膜を破りかねないほどのすさまじい咆哮《ほうこう》が宵闇を裂く。

荒れ狂っているのは、赤い瞳を持った漆黒のドラゴンだった。

エレオノールは自分がなんのためにここへ来たのかも忘れ、荒ぶるシュルーシュカを前に凍りつく。竜騎士と思わしき人々や、城内の兵士たちが必死に彼女を落ち着かせようとしているが、興奮状態にあるドラゴンは意に介さない。

硬直していたエレオノールの耳に、人々の声が入ってくる。

その中のひとつに、聞き逃せないものがあった。

「このままでは殿下が！」

はっとして目を凝らすと、シュルーシュカの足もとに横たわる影がある。

（まさか）

松明《たいまつ》の明かりに照らされた黒衣。うつ伏せになっているせいで顔は見えないが、少なくとも意識はないようだ。

一番恐ろしいのは、今もその人物の身体から染み出すように広がる赤い色だった。

「ジークハルト……さん」

あまりの衝撃に口もとを手で押さえ、その場に崩れ落ちる。

しかしそんなエレオノールを気にかける人間はここにいなかった。誰もそんな余裕はないからだ。

（あんなに興奮しているのは、ジークハルトさんの身になにかあったからだ）

そう気づいて改めてよく見ると、シュルーシュカは暴れながらも、ジークハルトを守ろうとしている。しかし城内の人間にも威嚇を繰り返すせいで、誰も傷ついたジークハルトを助けられないでいた。

（あんなに血が出ている。でも、私なら……）

本能をむき出しにしたドラゴンへの恐ろしさより、知った人間をまた失うかもしれない怖さが勝った。

エレオノールは震える足で立ち上がると、様子をうかがう人混みをかき分けてシュルーシュカの前に立つ。

「シュルーシュカさん、聞こえますか？　私、以前ジークハルトさんを治療したことがあります！　今回も力になれるかもしれません。ううん、なってみせます！　だから任せてくれませんか！」

空に向かって咆哮をあげたシュルーシュカが、ぐるんと首を動かしてエレオノールに顔を寄せる。

荒い鼻息が近づくと、むせ返るような血のにおいがした。

《ジークを助けて！》

不意にエレオノールの脳内に奇妙な音が響く。

《私を二度と独りにしないと誓ったのに！　目を開けなさい、ジーク！　私が呼んでいるのよ！　聞こえないの⁉》

エルフに育てられたおかげで、エレオノールが状況を理解するのは早かった。

これは念話と呼ばれる古代魔法だと気づき、エレオノールもまた同じ魔法を模して呼びかける。

（落ち着いてください。あなたが暴れると、ジークハルトさんに近づけません）

《ジークを助けて！》

（絶対に助けます！）

エレオノールの言葉が届き、シュルーシュカが次第に落ち着きを見せる。

気づけば誰よりもジークハルトに近い位置に立っていたエレオノールは、周囲が驚いた反応を見せているのもかまわず、ぴくりとも動かない身体に駆け寄った。

「ジークハルトさん！」

慎重に仰向けにすると、まだ息がある。ただしそれも時間の問題になりそうだ。

傷口がどこにあるかわからないほど、左胸のあたりから血が溢れている。

ぎりぎり心臓の位置は避けられたようだが、もはや一刻の猶予もない。

（お願い、死なないで）

エレオノールは胸の前で祈るように手を組み、ぶつぶつと慣れ親しんだ回復魔法を唱えた。

ぽうっと淡い光が漏れ出て、エレオノールとジークハルトの身体を包み込む。

いったいなにが起きているのかと衆人がざわつくのを見て、シュルーシュカがふたりの姿を大きな翼で隠した。

(気づいているんだ。私のこの力が普通じゃないって)

すでに遅いかもしれないが、魔法を行使している姿を他人に見られずに済むのはありがたい。

《ジークは死なないわよね?》

「大丈夫です。死なせません」

答えながら、エレオノールは不思議な気持ちになっていた。

(人間よりもずっと恐ろしい存在だと思っていたけれど、ドラゴンも不安になることがあるんだ)

シュルーシュカによる念話には、明らかに不安と恐怖が入り交じっていた。

彼女から伝わってくる人間と同じ感情に、一周回って頭が冷える。

エレオノールは癒やしの魔法に集中しながら、そっとシュルーシュカに話しかけた。

「シュルーシュカさんは大丈夫ですか? 怪我をしていたら言ってくださいね」

《人間なんかに私は傷つけられないわ》

ぴく、とエレオノールがその言葉に反応する。

「……怪我の原因は人間なんですか？」

《ジークは疎まれているから。……許せない、弱く愚かな肉の塊のくせに！》

またも咆哮をあげたシュルーシュカに対し、エレオノールはぴしゃりと言い放った。

「だめです、騒がないで。治療中ですよ」

シュルーシュカはすぐにおとなしくなると、またエレオノールに尋ねた。

《……ジークは治る？》

「治します。私、回復魔法だけは得意なので心配しないでください」

そう言うエレオノールの額には汗が滲んでいた。

（思った以上に傷が深い。それに強い毒の気配がある。ジークハルトさんを殺したいほど疎んでいる人間がいるということ……？）

《ジークは仲間を守ろうとしたのよ。なのに、あの愚かな肉が》

ぐるる、とシュルーシュカが喉を鳴らして怒りを示す。

（シュルーシュカさんを落ち着かせるためにも、早く治さなきゃ。少しぐらいなら無理をしても平気なはず……）

エレオノールが魔法に集中すると、先ほどよりも強い光が手のひらからこぼれた。

温かくやわらかな光を生み出しておきながら、エレオノールの顔色は悪い。額には脂汗が浮いており、唇も白くこわばっている。それでもエレオノールは限界まで力を込め、ジークハルトの回復を必死で祈り続けた。

長い時間そうしていると、一心に力を込めた甲斐《かい》があってか、意識を失ったジークハルトの顔に血の気が戻ってくる。

左胸にあった傷はいつの間にかきれいに消えていた。

不規則でか細かった呼吸も安定し、肌も温かくなる。

しかしすぐに意識を取り戻す気配はない。

とはいえ、これ以上は魔法に頼らなくても大丈夫だろうと判断し、エレオノールはほっと息を吐いた。

「シュルーシュカさん、聞こえますか」

《ジークは？》

「もう大丈夫です。あとはベッドで安静にしてもらえれば」

シュルーシュカの身体からぐるるという唸り声のような音がした。

《よかった……》

耳に聞こえる音は物騒なのに、頭に響く声は安堵に満ちている。

《あなたがやったことを人には見られないほうがいいのでしょう？　ジークは私が城の入り口に運んでおくわ》

その言葉の直後に、気を失ったジークハルトの身体がふわりと浮かび上がる。

シュルーシュカが魔法によって、翼で隠した内側から外へジークハルトを運び出すと、人々の声がした。おそらくジークハルトを部屋まで運んでいるのだろう。

「お気遣いいただきありがとうございます」

《それは私の台詞》

ひと仕事を終えても、シュルーシュカはエレオノールを翼で隠し続けていた。

《本当に、本当にありがとう。見苦しいところをさらしたわね、恥ずかしいわ》

「いえ、よほどジークハルトさんが大切なんですね。竜騎士だからですか？」

《そうといえばそうだし、そうでないといえば違うわ。……私はもともと、先代の竜騎士団長と組んでいたのよ》

エレオノールの脳裏に、四十代ほどの男性の姿が浮かんだ。

シュルーシュカが念話を駆使し、エレオノールの頭に投影しているらしい。

精悍《せいかん》な顔立ちと長身で、赤い髪はまるで炎のよう。ジークハルトのような整った美貌は持っていないが、信頼の置ける人物だというのはすぐにわかった。

シュルーシュカは魔法で自分の記憶を共有しながら、懐かしそうに話を続ける。
《野生のドラゴンとの戦いで亡くなったの。せめて私の血肉として生きてほしかったのに、なにもかも灰にされてしまったわ。……とても悲しくて、つらかった》
そのドラゴンとの戦いの光景は共有されない。
陰鬱《いんうつ》な雨の夜に慟哭《どうこく》が響くだけ。シュルーシュカの記憶だからか、映像の中に黒いドラゴンの姿はなかった。
《そんな時にジークが言ってくれたのよ。もう私が泣かなくて済むように、絶対に独りにしないって約束してくれたの。今までたくさんの宝物を集めてきたけど、あの言葉が私にとって一番の宝物だわ》
「……それはジークハルトさんを大切に想うのも当然ですね」
《そうでしょう？　そんな相手を、あなたは助けてくれたのよ。誇ってちょうだい》
「私は自分にやれることをしただけですよ」
シュルーシュカが喉を鳴らして、顔をエレオノールに近づける。
《ねえ、あなた。ここで嫌な思いをしているでしょう。人間は私が言葉を理解していることを忘れているのよね。竜舎にいるだけでも、いろいろと話が聞こえてくるわ》
(大変だけど、嫌な思いはしていない……と思う。食事が少ないのが困るくらいで)

エレオノールはそう思ったが、言わずにのみ込んだ。

やけに多い仕事についてジークハルトも苦言を呈していたから、第三者から見れば嫌な思いをして当然だと思われるような扱いを受けているのだと判断する。

《私からも言ってあげる。だから、ジークのそばを離れないであげてちょうだい》

「どうして……？」

なぜそう繋がるのかがわからず尋ねると、シュルーシュカはぐるぐると喉を鳴らした。幼いリュースのかわいらしい甘え声とは違い、立派に成長したドラゴンだと、ただただ恐ろしい唸り声になるだけだ。

しかしエレオノールはもう、シュルーシュカを怖いとは思わない。

同じように大切な人を失うことに怯え、悲しむ生き物だと知ったからだった。

《どうして、ですって？　あなた、自分が特別だってわかっていないのね》

「私のどこが特別なんです？　リュースの母親代わりをしているからですか？」

《まあ。だって今まで一度も雌に興味を示さなかったジークが、初めて気にかけているのよ。この間、洗濯物を手伝った話も聞いたわ》

（わざわざドラゴンとするような話……!?）

妙なやり取りはしていないはずだが、ふたりだけの時間だと思っていたものを知られているとなると気恥ずかしい。

しかもジークハルト本人の口から語られたとなると、いったいどんなふうに伝わったのかと気になってしまう。

そわそわするエレオノールに気づいて、シュルーシュカはまた笑った。

《いつになったらつがいになるの？》

「なっ、なにを言ってるんですか！　私たちはそんな間柄じゃ……！」

翼に隠されているせいで周囲は暗いが、シュルーシュカの瞳は真っ赤になったエレオノールをしっかり捉《とら》えていた。

《今夜のこと、ジークには内緒よ。雌《おんな》同士の秘密。いいわね？》

「い……言われなくても、こんな話をするつもりはありません……」

《あら、私が言ってるのは私自身の話よ。ちょっとジークがひっくり返ったくらいでうろたえるなんて、知られたら恥ずかしいわ》

果たしてそれは本音か、それとも茶化したのか。

シュルーシュカは楽しそうに笑っているだけだし、エレオノールは顔に集まった熱を冷ますのに忙しいし、答えはわからずじまいだった。

◇◇◇

目を覚ましたジークハルトは、自分がなぜ城にある自室のベッドにいるのかすぐには理解できなかった。

(俺はあの時、妙な男に斬られたはずだ)

遠征に向かった先で、魔物たちが近隣の村を襲おうとしていた。

やけに気が立った魔物たちの相手に苦戦しながらも討伐を完了しようとした時、顔を隠した怪しげな男たちが現れて混戦となったのだ。

そしてジークハルトは部下を庇《かば》って斬りつけられ、毒が塗られた剣で心の臓を貫かれたはずだった。

(シュルーシュカが叫んだのは覚えている……)

崩れ落ちるジークハルトに気づいたシュルーシュカは、怒りの咆哮をあげて謎の男を噛み砕いた。

そのまま血まみれの口に咥えられ、どこかへ運ばれそうになっていると理解したところから記憶がない。

(俺を助けるために城まで飛んだんだろう。それはわかる。だが……)

ジークハルトは自身の胸に触れ、いっさい傷痕がないのを確認して疑問を抱いた。

（……夢を見ているわけではなさそうだな）

魔物との戦いで負傷した傷もなければ、毒にやられた後遺症もない。

しばらく自分の身体を確認していると、扉を叩く音が聞こえた。

「大丈夫だ、入ってくれ」

扉の向こうに声をかけてすぐ、驚いた顔の家令と、純白のローブに身を包んだ神父が入ってくる。

「殿下、よくぞご無事で……」

目を潤ませる家令を見て、ジークハルトは安心させようとこちない笑みを見せた。

「心配をかけてすまなかった。俺がここに連れてこられてから何日経つ？」

「ひと晩でございます」

「……悪い、気を失っている間に耳が遠くなったようだ。数日ではなく、ひと晩？」

「はい。殿下がシュルーシュカ様によって運ばれたのは昨夜です」

家令が話している間に、神官がジークハルトの横に控える。

「失礼ながら殿下。先に御身の状態を確認させていただきたく」

「ああ、そうだな。頼む」

理解が追いつかないながらも、ジークハルトはおとなしく神官に身を差し出した。

「まさか、そんなはず……傷ひとつないなんて」

怪我の具合を確認した神官が信じられないものを見たように言う。

「いったいどのような回復魔法を？　いえ、誰がと聞いてもよろしいですか？」

「……お前たちの中の誰かが、俺を救ったんじゃないのか？」

ジークハルトに問われた神官が困惑の表情を浮かべる。

「伺っていた傷を癒やせるほどの力を持った神官は、現在神殿におりません……」

そう言った神官は、声だけでなく手までわなわなと震えていた。

「もし……もし、そのような力を持つ者がいたら、聖人か、あるいは聖女と呼ばれる存在になるでしょう」

ジークハルトも聖女がどういうものなのかは知っている。

おとぎ話の中で語られる存在。かつて本当にいたとも、あくまで伝説上の存在ともいわれる、慈愛に満ちた女性のことだ。

「聖女、だと」

反芻したジークハルトは、はっと目を見開いた。

「お心当たりがおありですか？」

「いや、おとぎ話でしか聞かない存在が本当にいるのかと思っただけだ。気にするな」

答えながらも、信じられないほど心臓が騒いでいるのを自覚する。

(まさかとは思うが……)

一度、ジークハルトは珍しい回復魔法によって救われたことがある。ドラゴンであるシュルーシュカが古代魔法だと呼ぶそれを扱う女性は、この城にいるのだ。

(聖女と呼ばれてもおかしくないほどの力を持っていたのか？)

効力が違う変わった回復魔法などではなかったようだと気づき、すぐに衝撃を胸の内に隠す。

「もしかしたら、シュルーシュカがなんらかの力を使って俺を助けたのかもしれない」

「なるほど、人知を超える存在であるドラゴンならば、その程度はたやすそうですな」

誰が自分を助けたのかジークハルトにはわかっていたが、彼女のことを考えるならここはシュルーシュカの力によるものだと思われていたほうが都合がいい。

それこそ、おとぎ話のような存在が実在すると知られれば、ジークハルトが手を下すまでもなく、ラスはリュースから引き離されてしまうだろう。

聖女として崇《あが》められ、神殿の都合のいいように扱われるのは想像に難くない。

民衆の支持がそちらに集まれば、皇家や貴族にとっても都合が悪くなり、ジークハルトに保護されている彼女の立場が危うくなる。

「そういえば、殿下」

家令が思い出したように言うのを聞いて、ジークハルトはそちらへ目を向ける。

「ラス様が殿下に駆け寄った際、シュルーシュカ様が不思議な魔法を扱ったようだという話が上がっておりました」

やはり、という気持ちでジークハルトの胸が再び騒ぐ。

「だとすると、やはりこの治療はシュルーシュカによるもので間違いないな」

少なくとも神官のいる前では余計なことを言わないほうがよさそうだと判断し、ジークハルトは納得したようにうなずいた。

「ラスからも話を聞いておこう。今、どこにいる？」

「それが、部屋から出てこないそうです。返事もないようで」

「わかった。俺が直接行こう」

すぐにでも駆けていきたい気持ちを抑え、ジークハルトは衣服を整える。

（仕事を投げ出すような人ではない。だとしたら、俺に回復魔法をかけたことが関係しているんじゃないか？）

部屋の主の返事は、家令に聞いた通りなかった。

(城主として、城内の人間がどう過ごしているか知る権利がある。……はずだ)

ジークハルトはそう理由をつけて扉を開き、足を踏み入れる。

その途端、足もとでぴちゃりと水を踏む音がした。

(なんだ……?)

床に水差しが転がっており、点々と水たまりができている。

その跡を追いかけると、ベッドで苦しげに荒い息を吐く少女の姿があった。

「ラス」

思わず駆け寄ったジークハルトは、ラスの顔に一生懸命びしょ濡れの布を押しつけるリュースの姿に気がついた。

「みゅう、みゃあ」

その仕草を見てラスの額に手を当てると、水で濡れているのにひどく熱い。

「熱を冷ましてやろうとしたのか」

「みゃあ、みゃあ」

「……すぐに来てやれなくて悪かった」

リュースはラスを助けようとしたのだと理解するも、びしょ濡れの布を押しつけてはよくなるどころか悪くなるばかりだ。

（なにがあったのかはシュルーシュカに聞くとして）

ジークハルトはリュースをなだめながらラスを抱き上げ、濡れている顔を拭う。

「後は俺に任せておけ」

「みゃあ」

ぎゅっと布を抱きしめたリュースが、悲しそうに鳴いた。

ずっと居場所が欲しかった

〝ラス〟はこんこんと眠り続けた。

それを放っておけるはずもなく、ジークハルトは自身の予定を削ってまで彼女のために手を尽くした。

ラスが寝込んで三日、意識朦朧《もうろう》としながらも食事を受けつけ始めた彼女を気遣い、ジークハルトは普段ならば決して足を運ばない厨房へと出向いた。

「殿下⁉　なぜこのような場所に？」

城主が現れたと知り、厨房にいた料理長が慌てて飛んでくる。

身分の高い者が使用人のもとに足を運ぶことは基本的にないといっていい。

料理長の蒼白《そうはく》な顔には、なにかしてしまったのだろうかという不安が浮かんでいた。

「ラスという使用人は知っているな。俺が以前、城に連れてきた者だ」

「はい、存じております」

「体調を崩して寝込んでいるんだが、食べやすい食事を用意してもらいたい。よく食べるようだから量も増やしてくれ」

ぼんやりしていても、ラスは差し出された食事をよく食べた。

いきなりそんなに食べても大丈夫なのかとジークハルトが心配するほどだったが、神官に確認したところ、身体が欲しているなら与えるべきだという回答があった。

「倍、ですか、それはかまいませんが……召し上がるのですか？」

「確かに今は寝込んでいるが、問題はない」

「いえ、そうではなく。ここの食事は口に合わないからと、ずっと食べることを拒んでいると聞いていたもので」

「……なに？」

そんな話は耳にしたことがないと、ジークハルトは訝しげに眉根を寄せる。

「先日も食事の量を増やすようにとおっしゃいましたね。ですが、結局食べないようだからと元の量に戻せとも伺っております」

（どういうことだ？）

先日、確かにジークハルトは自ら料理長に命令を下しに向かった。

倉庫から助け出した時のラスの痩せ細った様子を見たこと、そして彼女から食事量を増やしてほしいと聞き出したためだ。

「元の量に戻せという指示は出していないが……」

「……え？」

「……もしかすると、うまく指示が通っていなかったのかもしれないな。今後は彼女に関して連絡があった場合、俺に確認するように」

「はい、次からそのようにいたします」

穏やかに命じながらも、ジークハルトの瞳は冷ややかだった。

「では、食事の用意を頼む」

ジークハルトは背を向けて厨房を出ると、すぐに険しい表情を浮かべた。

（何者かが、ラスを苦しめるために俺の命令をゆがめている）

異常な仕事量を聞いた時、ジークハルトはすぐその対応に当たった。

洗濯物はもちろん、城中の清掃をひとりでさせるといった、馬鹿げた嫌がらせをするなと通達したはずなのに、まだ見落としているものがあるようだ。

（倉庫の件も、事故ではないのか）

連れてきて以来、心に留めてはいても積極的にかかわろうとしなかったジークハルトは、自身の行いを反省して彼女に気をつけるようになった。

（あのミリアムの目をかいくぐるような者がいるとでも？　……いや、ありえない。彼女は皇帝に認められるほど有能な人物だ。……だとすると）

ジークハルトはラスの部屋に向かおうとしていた足を止め、向きを変えて城の外へ歩きだした。

(証拠を探す必要があるな)

竜舎にやって来たジークハルトは、竜騎士団のドラゴンたちの間を通り抜け、最奥に足を運んだ。

《あら、いらっしゃい》

敷き藁の上で身体を丸めていたシュルーシュカがゆらりと起き上がる。

(使用人たちから妙な話を聞いていないか?)

普段は体力の温存のために極力念話を使用しないが、今回は違う。

《ちょうどいいわ。渡したいものがあったのよ》

シュルーシュカが敷き藁の中に鼻面を突っ込むと、その奥に隠されていたものが魔法でふわりと浮かび上がった。

その体躯のせいで細かな作業を不得手としているように思われがちだが、ドラゴンたちには魔法がある。

シュルーシュカもまた、人間に合わせた大きさのものを扱う際には、積極的に魔法を使用した。
ジークハルトの手に、シュルーシュカが隠していた赤い宝石のブローチが落ちる。
(これは?)
《あの子、この間倉庫に閉じ込められたんでしょう?　その犯人が落としたものよ》
シュルーシュカはジークハルトのドラゴンという特権をいいことに、勝手に竜舎を出てその辺りを散策する。その道中で見つけたようだ。
(俺がラスの話をしに来たとわかっていたのか)
《だってあなた、最近それればかりだわ。自覚がないの?》
含み笑いをしたシュルーシュカが、軽く尾を振って楽しい気持ちを示した。
《小さいけれどきれいな石でしょう?　だから私のものだと思って拾っておいたの》
気に入ったものはすべて自分のものだと、当然のように言う相棒にあきれる。
(勝手に城内の宝石を自分のものにするな。……それで?)
《今朝、それを捜すメイドがいたの。大事なものなのに落としてしまった、きっとあの女を倉庫に閉じ込めた時だ、もし誰かに拾われたらメイド長になんて言われるか……。人間ってときどき小鳥みたいね。うるさく囀《さえず》るんだから》
それはほとんど、自白しているようなものである。

竜舎の人間が嘆くように、ドラゴンを誤解している者は多いが、今回はその誤解のおかげで情報が手に入った。
（どんなメイドだった？）
《そばかすがあったわ。でも、本当にとがめるべきはその雌じゃない。あの独り言を聞く限り、主犯はメイド長よ》
（……そうか）
《あら、驚かないのね。当たりをつけていたの？》
（何者かが俺の命令の意図をゆがめて伝えているのはわかっていた。となると、役職に就いた使用人に限られてくる。なにより、ミリアムに気づかれないよう行動できる人間などいない）
《だからメイド長が犯人って？》
（そうであってほしくなかったが）
かつては皇帝のもとで働いていた彼女が裏切りを働くとは思えないが、ジークハルトが最も信頼しているのは、ミリアムではなくシュルーシュカだ。
《私のお気に入りをいじめるなんて許せない。バラバラに引き裂いてやりたいわ》
腹に据えかねた様子で物騒な声をあげたシュルーシュカを見て、ジークハルトは驚いたように目を丸くする。

（お前が俺以外のことでそんなふうに言うのは初めてだな）

《あら、だって気概のある子だもの。死にかけたあなたを助けるためにひと晩中古代魔法を唱え続けるなんて、耳長にもできることじゃないわ。それに……》

（なんだ？）

《いいえ？　そのうちわかることでしょう》

シュルーシュカが秘密を持ちたがるのは今に始まったことではない。

しかしなぜか〝彼女〟がかかわっていると思うと、ジークハルトは落ち着かない気持ちになった。

（含みを持たせた言い方だな。彼女についてなにを知っている？）

《こんな話をしている暇があるなら、さっさと愚かな人間たちを引き裂いてやりなさい。あなたがやらないなら私がやるわよ。城ごとめちゃくちゃにしてやる》

（絶対にやめろ）

放っておけば本気でやりかねない相棒を制し、ジークハルトはシュルーシュカに渡されたブローチに視線を落とした。

（……俺だって、引き裂けるものなら引き裂いてやりたい）

念話にはせず、ブローチを手の中に握り込む。

閉じ込められて怯えていたラス。痩せ細り、無理な仕事を押しつけられても、前向きに生きていた姿は、あまりにも健気《けなげ》でいじらしい。

(ラスは『彼女』じゃない。それなのになぜこんなに放っておけないのだろう)

彼女の笑顔を知っているジークハルトは、それを奪うような真似をした者たちに対し、これまでに感じたことのない怒りを抱いていた。


その夜、ジークハルトは使用人たちを大広間に集めた。

「この城で俺の意に沿わないことが起きている。子竜の世話係に対しての行為と聞いて、身に覚えのある者がいるなら前に出ろ」

その声にはっきりと滲んだ怒りは、使用人たちを震え上がらせた。

使用人たちにとってこの城の主人は尊敬に値する人物だった。貴賤《きせん》を問わず使用人たちを扱い、細かく気を配り、問題があれば自ら改善のため動く頼もしい主である。

冷静で、滅多に感情を露《あら》わにしない人なのだと誰もが思っていたというのに、今のジークハルトはどうだ。

激しい怒りのためか、冷たい炎が噴き上がり、全身を包み込んでいるように見える。

ジークハルトは集まった使用人たちを見回すと、例のブローチを取り出した。

「あっ」

思わず、といった様子で声をあげたのはそばかすが目立つメイドだ。

「倉庫の近くに落ちていたものだ。お前の私物か？」

「は、はい。これは私の大事な――」

「そういえば先日、あの世話係が倉庫から出られなくなっていたな」

ひくりと喉を鳴らす音が聞こえた。

ジークハルトは策にはまったメイドの前にやって来ると、青くなるのを通り越して真っ白になった顔を睨みつける。

厳しい視線を受け止めきれずに顔を伏せたメイドだったが、ジークハルトは彼女が逃げることを許さなかった。

「なにも言うことがないならそれでかまわない。だが、もしあるのならこれが最後の機会だと思え。……正直に言えば、シュルーシュカの餌にだけはしないでおいてやる」

「もっ……申し訳ございません！　あの子を閉じ込めたのは私です！」

わっと泣きだしたメイドが床に平伏する。

そこに注がれる視線はひたすら冷たく、集まった使用人たちは主人の酷薄な表情に背筋が冷たくなるのを感じていた。

「独断か?」

「ちが、います……」

縮こまりながら平伏し、床に額を擦りつけたままメイドがか細く言う。

「共犯者、あるいは首謀者の名を言え」

メイドは小さく息をのみ、しばらくわなわなと唇を震わせていたが、やがて言っても言わなくても自分が破滅を迎えると理解したのだろう。

長い沈黙の後、消え入りそうな声で言った。

「ミリアム様……です……」

ほかにもメイドは何人かの名をあげた。

なにをしたかまでは聞かず、ジークハルトは最初に名があがったミリアムに言う。

「なにか申し開きはあるか?」

「ございます、殿下」

誰もが主人の怒りに震える中、メイド長のミリアムだけはまっすぐにジークハルトを見つめ返した。まるで、自分はなにも間違っていないというように。

「彼女は殿下にふさわしい者ではありません。あのような得体の知れない者をどうして御身のそばに侍《はべ》らせることができましょう」

「わきまえろ。いつから俺の決定に逆らって勝手な真似を許される身分になった？」

「殿下のおそばに仕えるよう私に命じられたのは、陛下でございます」

ジークハルトを相手に、ミリアムは一歩も引かない。

自分が従っているのは直接かかわるジークハルトではなく、ジークハルトに仕えろと命じた皇帝だと言いたいのだ。

（忠誠心がこんな形で牙をむいてくるとはな）

自分は主君に命じられた仕事を忠実にこなしているだけで、悪いのは奇妙な女にうつつを抜かして苦言を呈するジークハルトのほうなのだと、言葉にせずともミリアムの表情から伝わってくる。

「私はラスが森のそばの村に住んでいたことを知っております」

「なに？」

「知人がそこに住んでおりますので。——ラスは数年前、死の森の奥で火災が起きた後に突然現れたと聞きました。奇妙な塊を抱えて歩き、商人に卸すほどの薬を精製し、決して村の住民に馴染もうとしなかったとも」

この話はジークハルトも事前に調べさせたため知っていた。

奇妙な塊というのがリュースの卵であることも知っていたが指摘せず、口をつぐんで話の続きを促す。

「薔薇色の髪に翠玉の瞳をした、大変美しい少女だとは聞いておりました。ただ、村人たちは『あれは人の姿をした魔物だ』とわかっていたようです」

「ラスが村人に害をなしたというのか？」

「いいえ、まだです」

まだ、という言い方にジークハルトは顔をしかめた。

（いつかは必ず敵になると言いたいんだな。ただ人々に馴染まなかっただけで、誰も傷つけようとしなかった彼女のことを）

「話に聞いていた魔物とラスが一致した時、気づいたのです。最初からあの女の狙いはこの国だったのだと」

ジークハルトは内心、舌打ちをしたくなった。

ここまで考えが固まっていたら、もうなにを言ったところで認めないだろう。ミリアムはジークハルトを、『美しい魔物に魅了されておかしくなった』と思っている。

だから独断でラスを追い出すと決め、ジークハルトに指示を仰がなかったのだ。

関係が良好だとは言いがたい家族を思い、ジークハルトは沈黙の末に息を吐いた。

「特別扱いするな、と言ったはずだ。それは甘やかすなという意味だけでなく、虐げるなという意味もある」

「虐げたのではございません。この国を守るために魔物を退治しようとしたのです」

冷ややかなものがジークハルトの背筋を伝って流れていく。

「お前の言い分はわかった。だが、俺よりも優先すべき主君がいるのなら、これ以上俺に仕える必要はない」

固唾《かたず》をのんで見守る使用人たちを見回し、ジークハルトはゆっくりと言った。

「陛下を蔑《ないがし》ろにしろと言いたいわけではない。指示系統が複数存在することによる弊害を考慮しての判断だ」

それはいかにも竜騎士団の長を務める者らしい言い方だった。

個人的な感情をにおわせもせずにいるところも、さすがと呼ぶべきだろう。

「ミリアム、お前を解雇する。後任は追って連絡しよう」

「なっ……！　私がどれだけ身を尽くしてお仕えしたと思っているのですか⁉　陛下にも認められた私が、わざわざルストレイクまで来たというのに……！」

初めてミリアムの顔に動揺と焦りが生まれる。

それに対してジークハルトが感じたのは落胆だった。

（まさかそんな扱いをされるとは思っていなかったんだろう。自分の行いに絶対の自信があったのか。あるいは、単純に俺が舐められていたか。……この様子なら、後者の可能性が高そうだ）

皇城から追いやられ、戦場に向かうよう厳命を受けた厄介者の第二皇子。それがジークハルトだ。

（竜騎士団を率いて実績を積み重ねようと、俺が俺である以上、軽んじる者は少なくない。……ミリアムもそうだった。それだけの話だ）

「俺の指示をゆがめ、勝手な真似をしたこと。そして、罪のない者を私的な理由で不当に虐げたことが理由だ」

「ですが、殿下。私は……！」

ジークハルトはミリアムの言葉を遮るように軽く手を上げて制すると、その場の使用人たちに言った。

「二度と同じことで俺の手をわずらわせるな」

隠しきれない怒りの気配を漂わせたまま、ジークハルトはその場を後にした。

ラスが眠りについてから五日が経った。

夜遅くまで竜騎士団の仕事を処理していたジークハルトは、廊下から聞こえる奇妙な音に気づいて椅子を立つと、扉に近づいて耳を傾けた。

カリカリとなにかを引っかく音は意外なほど近い。

警戒したジークハルトだったが、直後に聞こえた鳴き声で一気に気を緩めた。

「みゃあ」

扉を開けると、思った通りリュースの姿がある。

どことなく不安げな表情のリュースを抱き上げたジークハルトは、しがみついてきたその子竜の背をそっと撫でてやった。

「どうした、こんな時間に。どうやってここまで来た？」

「うみゃあ、みゃあ」

猫のような鳴き声をあげ、リュースが必死に何事かを訴える。

それだけでなく、ジークハルトの足にまとわりついて、小さな翼を動かした。

その様子を見ていたジークハルトが、ふと声をあげる。

「まさか、ラスになにかあったのか？」

「んみゃあ」

肯定か否定かもわからない曖昧な反応をされ、ジークハルトの眉間に皺が寄る。

（ドラゴンと念話できないことが、こんなにももどかしいとは）

ジークハルトは逸《はや》る気持ちを抑えきれず、ラスのもとへ向かうことにした。

リュースを抱きかかえてラスの部屋に向かったジークハルトは、いつものように律儀に扉をノックしてから室内に足を踏み入れた。

それと同時に腕の中にいたリュースがすとんと床に降りる。

「ラス――」

呼びかけた直後に苦しげな呼吸音が響き、すぐにラスのもとへ歩み寄る。

「……っ、う……」

顔に汗を浮かべたラスの呼吸はひどく荒く、つらいのか眉間に皺が寄っていた。

額に触れてみると、思わず手を引っ込めるほど熱い。

ジークハルトは顔をしかめ、近くにあった手巾《ハンカチ》でラスの汗を拭った。

「おと……さん……」

途切れ途切れに聞こえる声は悲しげだ。

（高熱のせいで悪夢でも見ているのか？）

そう思った時だった。

「私……生まれちゃいけなかった……？」

「……ラス」

ジークハルトは思わず彼女の名前を呼んでいた。

救いを求めるように伸ばされた手を握り、うっすらと開かれた翠玉の瞳を見つめる。

「どんな人生を歩んできたかは知らないが、お前が死んでいたら俺は今ここにいない。お前は生きていていいんだ」

ラスの喉がひくりと鳴るのと同時に、目尻から涙がこぼれる。

（いったい過去になにがあったというんだ）

ジークハルトも戦場を駆ける者として、悪夢にうなされる者を見たことがあった。家族を恋しがって涙し、人を殺めた時にはその感触に怯えてすすり泣くのは、新兵も熟練の老兵も変わらない。

ジークハルトでさえ、凄惨な場を目の当たりにした時は眠れない夜を過ごした。

「ラス」

不安げに泣きじゃくる姿を見るのは、ジークハルトにとってこれが二度目だ。

何度も命を救ってくれた恩人だからという以上に、ただその泣き顔を見たくなくて、今の想いを口にする。

「居場所がないなら、俺がお前の居場所になってやる。だから泣くな」

長い指がラスの頬を滑り、目尻にたまった涙をすくい取って拭う。

ラスはジークハルトの言葉に返事をしなかったが、彼女が落ち着くまでその手を離さなかった。

◇◇◇

居心地のいいぬくもりの中で目を覚ましたエレオノールは、起き上がろうとしてすぐその動きを止めた。

（……待って、どういうこと）

顔の前には広い胸があり、背後からは背中を包み込む力強い腕を感じる。

さらに自分以外の規則正しい呼吸が頭上から聞こえていた。

（私、もしかして今……抱きしめられてる？）

顔を上げれば誰に抱きしめられているかすぐにわかるだろう。しかしエレオノールには相手を確かめる勇気がない。

たった今目覚めるまで、とても安らかで幸せな夢を見ていたのだ。異物として排除され続けた自分が、ようやく終《つい》の棲《す》み処《か》を見つけて温かく生きる幸せな夢を。

そんな夢を誰の腕の中で見ていたのか、確かめるのが恐ろしくて顔を上げられそうにない。

(最後の記憶は、ジークハルトさんの怪我を治したこと。シュルーシュカさんと話して、それで……)

必死に頭の中を整理していると、確認できずにいた目の前の人物が身じろぎをする。

咄嗟に顔を上げてしまったエレオノールは、至近距離で自分を見つめ返すジークハルトに気づいて息をのんだ。

神秘的に輝く美しい紫の瞳が、硬直するエレオノールをとらえて優しく和む。

「もう落ち着いたのか?」

寝起きのせいで少しかすれた低い声には妙な色気が宿っていて、エレオノールの鼓動を急き立てる。

自身の頬にじわりと熱が集まったのを感じ、エレオノールの頭は真っ白になった。

「あ、えと、その……お、おはよう、ございま、す」

なぜジークハルトがベッドにいて、あろうことか自分を抱きしめているのか。

混乱に頭が追いつかないせいか最初のひと言は途切れ途切れで、上擦っている。

「おはよう。……そうか、あのまま眠ってしまったのか」

あくびを嚙み殺したジークハルトが起き上がるのに合わせ、エレオノールもぎくしゃくしながら身体を起こした。

ついでにジークハルトから距離を取り、ベッドの隅に向かってゆっくり後ずさる。

しかし一番端に到達する前に、背中がこつんとなにかに当たった。

振り返るとそこには、丸くなって眠るリュースの姿がある。

「悪い、そんなつもりはなかった」

「も、もちろん大丈夫です。私、平気です」

挙動不審になったエレオノールは、ジークハルトと目を合わせようとせずうろたえながら言った。

（昨日なにが起きたというの……⁉）

シーツに残るぬくもりはふたり分。

その事実に気づいてさらに動揺し、エレオノールは不安を紛らわせるように枕を引き寄せて抱きしめた。

「怪我は大丈夫……みたいですね。ええと、シュルーシュカさんが城まで運んでくれたんです。だから私が――」

「ああ、聞いた。俺を助けるために魔法を使ったそうだな。そのせいでお前は五日——いや、今日で六日目か。ずっと眠っていた」

「そんなに……？」

うまく手足に力が入らないことや、眠ったはずなのに身体に残る倦怠感から、ずいぶんと長い時間眠っていたらしいと察してはいた。

しかしまさか六日も眠っていたとは思わず、エレオノールはジークハルトがベッドの中にいた動揺も忘れて彼の顔を凝視してしまう。

「昨夜、俺と話した記憶はあるのか？」

ジークハルトはエレオノールを見つめ返し、気遣うように言う。

その眼差しがあまりにも優しかったため、エレオノールは胸に小さな痛みを感じた。

今、ここにいるのはリュースを奪う敵ではなく、あの日、命も顧みずに恐ろしい魔物から助けてくれた——生まれて初めて素敵だと感じた人だ。

「……ありません」

エレオノールは素直に答え、目を伏せた。

ジークハルトに見つめられていると思うだけで胸が騒いで、どうもうまく声が出てこなくなる。

「申し訳ございません。お見苦しいところを見せて……しまったんでしょうね」

改めて皺が寄ったシーツを見下ろし、息を吐いて言う。

目覚めた直後はジークハルトに抱きしめられていると思ったが、もしかしたら自分のほうから抱きついて離さなかった可能性に気づいた。

「見苦しいとは思わなかったが……リュースは心配していたようだ。お前のために、わざわざ俺を呼びに来たくらいだからな」

「……そうか」

「リュースが……」

振り返ると、リュースは眠っている。

気持ちよさそうな寝顔を見ていると起こすのも忍びなく、エレオノールは再びジークハルトに視線を戻した。

「きっと嫌な夢を見ていたのだと思います」

幸せな夢を見る前に、あまり思い出したくない苦い記憶を引っかかれたように思う。

「それだけなのに、ご迷惑をおかけしました」

「……自分は生まれてこないほうがよかった、と思うような夢か？」

短い沈黙の後に尋ねられたエレオノールが絶句する。

さすがに直球でものを聞きすぎたと思ったのか、ジークハルトは気まずそうに空咳《からせき》をした。

「昨夜、うなされながらそんなことを言っていた。聞かれたくないことかもしれないが、あんなふうに泣くところを見るのはこれで二度目だ。いったい、過去になにがあった？」

「大したことではないんです。だからお気になさらず――」

「だったらもう二度と、俺に泣き顔を見せないと誓え」

肩を掴まれ、エレオノールは再び息をのむ。

ジークハルトは真剣な顔で、黙ったままのエレオノールを見つめた。

「なにも知らなければ、力になってやることもできない。……俺に思うところはあるだろうが、命を助けてくれた恩返しもさせてくれないのか？」

（この人は……）

きゅ、とエレオノールは唇を噛んだ。

（そんなふうに言ってもらえるなんて思わなかった）

脳裏によみがえるのは、心ない父の仕打ちと遠巻きにこちらを見るエルフたちの冷たい表情。そしてここへ来てからのメイドたちの排他的な眼差しだった。

そしてもうひとつ、記憶にないはずの声が頭の中に響く。

『居場所がないなら、俺がお前の居場所になってやる』

ジークハルトによく似たその声は、エレオノールがなによりも求めていた言葉をささやいた。

「きっと……気分のいい話では、ありません」

長い沈黙の後、エレオノールは喉の奥から声を絞り出した。

「どうしても話したくないのなら聞かない。だが、どんな話だろうと俺が気分を害するとしたらお前じゃなく、お前が泣く理由に対してだ」

（今まで誰もそんなふうに言ってくれたことはなかった）

かつてテレーにはたどたどしく説明したが、彼女はよくも悪くもエルフらしい淡泊な性格をしていた。

『大変だったんだね。それなら今日からここで過ごすといい』

エルフは長い生を生きるからなのか、感情の変化が緩やかで、ひとつの物事への執着が薄い。つらい出来事もすぐに割りきって『それはそれ』とする種族だ。

あっさりと人間の自分を受け入れたテレーを思い出し、エレオノールは微かに口もとに笑みを浮かべながら話し始めた。

「私、家族に捨てられたんです。父と目の色が違うから、本当の子どもじゃないんだろうって言われて」

言葉遣いには気をつけようと思っていたのに、感情が先走って敬語が甘くなる。

ジークハルトはそれをとがめず、黙って話の続きを促した。

「母も早くに亡くなってしまったため、守ってくれる人はいませんでした。それでも政略結婚の駒には使えるだろうと、七歳まで育ててもらったんですが……とてもよい環境だったとは言えなかったです」

「詳しく言いたくないなら言わなくていい」

「……はい」

素っ気ない物言いだが、エレオノールの心は軽くなった。

(お仕置きで地下室に閉じ込められたり、いらないものとして蔑まれ続けたこと……ジークハルトさんにだけはあんまり知られたくない)

目を伏せたエレオノールに向かって、ジークハルトがためらいがちに問う。

「七歳まで育てられたと言っていたな。その後に……捨てられたのか？」

「はい。新しい母が妹を産んだんです。父によく似た青い瞳を持っていたため、私は本格的に娘ではないと追い出されました」

「だとしても、政略結婚の道具としては使えたはずだ。それすらしなかったと？」

そう言ってからジークハルトは、小声で「悪い」と詫びた。

「言葉を選ぶべきだったな」

「大丈夫です。事実ですから」

幼い頃のエレオノールは父の所業に怯え、泣くばかりだった。その時の自分の代わりにジークハルトが怒ってくれているように見えて、鼻の奥が少しつんとする。

「あまり財政状況がよくなかったのだと思います。私にもよく、『お前のために使う金がもったいない』と言っていましたし、実際に衣服は古いものを着回していました。ただ、娘とは思えない私が相手だからそう言っていた可能性もあります」

「……きちんと着飾れば社交界で注目を浴びただろうに」

「え？」

「なんでもない。それで？」

ジークハルトは少し慌てたように話を戻したが、なにげないひと言はエレオノールの心にしっかりと刻まれていた。

（……恥ずかしい）

今のは間違いなく賞賛の言葉だった。

数多《あまた》の令嬢の視線を独り占めしそうな相手に言われるのはむずがゆい。

褒められた経験が極端に少ないエレオノールの頬にさっと朱が差す。

「父に家を追いやられた私は、行き場所を失って死の森に足を踏み入れました」

「七歳で、あんな危険な場所に？」

信じられない、と言外ににおわせるジークハルトに向かって深くうなずく。

「生き延びられたのは本当に偶然です。あの森の奥地にはエルフの集落があったのをご存じですか？　そこで拾われたんです」

「死の森でエルフを見たという報告はたびたび上がっていたが、集落があったとは知らなかったな。今もそこにあるのか？」

「いいえ。数年前にドラゴンのような魔物が現れて……。私の育て親も含め、なにもかも燃やしてしまいました」

声が震えないようにと気を使ったせいか、感情を押し殺した言い方になる。

ジークハルトもそれに気がついたようで、いつの間にか固く結んでいたエレオノールの手を優しく包み込んだ。

「大丈夫か？」

はい、と言おうとしたはずなのに声が出てこない。

エレオノールは自分の手を包み込むぬくもりに完全に意識を奪われていた。人生で唯一味方をしてくれたテレーとは違う温かさは、エレオノールの知らないものだ。

「怖く、て」

安堵と同時に強い不安を煽られ、エレオノールは大丈夫だと答える代わりに本心を告げた。

もう平気だと思おうとしてきただけで、今もあの日のことを思い出すと、エレオノールの身体は震えてしまう。

「似ていたから……ドラゴンも恐ろしい生き物だと……ずっと……」

「悪かった。……なにも知らなかった」

ジークハルトがなにに対して謝罪したのかははかりかねたが、エレオノールは後悔に満ちた声を聞いて首を左右に振った。

「言わなかったことにまで配慮を求めるつもりはありません。お気になさらないで。それにシュルーシュカさんのことは怖くないんです。……今は、ですけど」

「あいつとなにかあったのか？」

「あなたの意識がなかった時に少しお話をしました」

助けてほしいと懇願したシュルーシュカの声はまだ耳に残っている。

「人間と同じようにドラゴンにもいろんな感情があるんですよね。それがわかったので、もう大丈夫です」

「……俺が言うと贔屓《ひいき》に取られるだろうが、あいつは悪いドラゴンじゃない。確かに皮肉屋だし、強欲で傲慢で機嫌の悪い時は心底面倒で……」

くすくすとエレオノールの形のいい唇から笑い声がこぼれた。

はっとしたジークハルトは気まずそうに背筋を正す。

「とにかく、理由なく他者の命を奪うようなドラゴンではないんだ」

「ジークハルトさんにとっても大切な存在なんですね」

「ああ見えて寂しがり屋だからな」

「少し、うらやましいです。寂しい時にそばにいてくれる人がいるなんて」

エレオノールはいつだって寂しさと心細さを感じていたが、それをやわらげてくれる人はいなかった。テレーは間違いなく救いであり、恩人と呼ぶだけでは足りない存在だったが、泣きたい時に望む言葉をくれるような慰め方はしなかったからだ。

彼女はいつもエレオノールのそばに黙って寄り添い、ときどき頭を撫でて、『素敵なものでも見に行こうか』と外へ誘った。

そうやってきれいだと思うもの、素敵だと思うものに浸るのがテレーなりの感情との向き合い方で、エレオノールへの寄り添い方だった。

そうしている間、ひたすら沈黙していたため、幼い頃のエレオノールにはテレーの考えていることがわからなかったが、今ならその優しさを理解できる。

エレオノールにはつらいことや悲しいことをゆっくりと消化し、自分の好きなものに浸る時間が必要だったのだと……。

「俺ではだめなのか？」

一瞬の沈黙の後、ジークハルトが静かに問う。

その質問はエレオノールをひどく驚かせた。

「それはどういう……？」

「俺はお前の過去を知った。だからほかの者よりは、そばにいる資格があるんじゃないかと思ったんだが……」

ジークハルトの言葉からは、言っている以上の意味を感じない。

それをわかっていながら、エレオノールは視線をさまよわせる。

「資格なんて……。そう言ってくださるだけで、うれしいです」

「……そうか」

妙に苦々しい表情で言うと、ジークハルトはまだ握ったままだったエレオノールの手を自身へと引き寄せた。あまりにも突然で咄嗟に反応できず、エレオノールの身体は素直にジークハルトの腕の中に落ち着く。

「あ、あの」

真っ赤になったエレオノールが慌てて顔を上げると、目覚めた時にもそうだったように、近い距離にジークハルトの顔があった。

そのせいで言おうとした言葉がすべて頭から飛んでしまう。

「寂しくなったら俺を思い出してくれ」

よしよしと頭を撫でる仕草は、子どもを相手にするのと変わらない。

「は……はい……」

か細い声で返答するも、エレオノールの頭の中はひどい状況だった。

(どうしてこんなに優しくしてくれるの？　怪我を治したから？　昔の話を聞いて同情したから？　昨日だってリュースに呼ばれてわざわざ私の様子を見に来てくれたのよね？　私が六日も眠っていたなら、その間にあの子を奪えたはずなのに……)

エレオノールはゆっくり深呼吸してから、ジークハルトの顔を見ないようにと、彼の広い胸に額を押しつけてうつむいた。

息をすると異性の香りを感じ、胸の高鳴りを覚える。

夢で見た温かく幸せな感触が現実にも存在すると知ってしまい、ジークハルトを突き放して逃げたいような、このまま抱きしめられていたいような矛盾した気持ちにさせられた。

「……ラス」

耳朶をくすぐる声に、テレーしか呼ばなかった名をささやかれた瞬間、エレオノールは胸にもどかしい疼きを感じた。

(本当の名前で呼ばれたい)

エレオノールと呼んでほしいし、誰にも呼ばれたことのない『エル』という愛称もジークハルトには許したくなる。

「ジークハルト、さん」

「……ジークでいい。少なくとも俺しかいない時は」

顔を上げてしまったエレオノールと、甘くささやいたジークハルトの顔が自然と近づく。吐いた息が短い距離で絡み合うのを感じ、エレオノールはジークハルトの肩口を掴んだ。

乞《こ》うように薄く開かれた唇へとジークハルトが距離を詰めると、エレオノールは誰かに教えてもらったわけでもないのに目を閉じてその瞬間を待った。

熱を分け合おうとしたその時、ふたりの距離が重なる前に元気な鳴き声が響く。

「みゃっ！」

勢いよく間に割って入ったリュースが、エレオノールの胸に擦り寄って甘え始める。

思わずひっくり返りそうになったエレオノールを支えたジークハルトの頬は、ひどく赤くなっていた。

「そういえばリュースのことを完全に忘れていたな」

「私もです──なんて言ったら怒りそうですね、この子」

「みゃっ、みゃあっ」

甘い空気を台無しにしたリュースは勝手にふたりの間に収まると、ここが自分の定位置だと言わんばかりに腰を下ろして尻尾を振った。

愛らしい姿にあきれながら、ふたりはほっと息を吐く。

（今、私……なにを）

エレオノールにだって、親しくなった男女がどんなことをするのかといった知識はある。その知識からすると、今ジークハルトとキスをしようとしたように思うが、相手が相手なだけになにかの間違いだったとしか思えない。

「そうだ、大事なことを伝えておかねば」

「は、はい、なんでしょう」

話を変えてくれたことに安堵を覚えつつ、改めて背筋を伸ばして言葉を待つ。

「もう余計な雑用はしなくていい。お前に不当な扱いを強いたメイド長は解雇した」

「不当な扱い？　そんな真似をされた覚えはありませんが……？」

「朝から晩まで、ひとりでは到底終わらせられない量の仕事を押しつけられていただろう。それに食事の量も勝手に減らされていた。お前の話を聞いて変更するように伝えたが、その命令も握り潰されていたようでな」

「そんな命令をしてくださっていたんですね」

「……お前が苦しんだのは気づくのが遅くなった俺のせいだ。城を預かる身として、確認が不足していた。すまない」

ジークハルトが頭を下げてから、再びエレオノールを見つめて言う。

「管理下にある者たちは信用できると思っていたが、そうではなかったらしい。今日まで受けた様々な仕打ちに対して、これから可能な限り埋め合わせをするつもりだ。本当に申し訳なかった」

城で生活するすべての人間の行動を把握するのは酷だろう。

ジークハルトにも仕事があり、エレオノールばかりにかまけている時間はない。

「そんな、本当に大丈夫です」

「いじめられたのに、よく大丈夫などと言えるな」

「いじめられていたと思っていませんから。大変な仕事だとは思っていましたが」

エレオノールの困惑した表情から、嫌みや皮肉の類いではないとわかったのか、ジークハルトの口もとに苦い笑みが浮かぶ。

「どうやらお前は、俺が思う以上に世間知らずらしい」

「言っておきますが、皇子様に仕えるメイドの仕事なんて、知らない人のほうが多いと思いますよ?」

「……すみません」

つい言い返したエレオノールがはっとした様子で口をつぐむ。

「面と向かって言い返してくるかと思ったら、つらいことは言わずにのみ込むんだな。これからはどんなことだろうと俺に言え」

「どうしてですか?」

所在なげに身じろぎしたエレオノールが困惑を滲ませた。

「なぜ、そんなに私によくしてくださるんですか?」

もう一度問うたエレオノールに、ジークハルトが考え込む。

そして軽く肩をすくめて言った。

「命の恩人を、三度も慰めるような真似はしたくない。あんな悲しそうな顔で泣くのは今回限りで最後にしてくれ」

ジークハルトはエレオノールの目尻に指を滑らせると、微かに表情を引き締めた。

「俺がお前の居場所になってやる。それを忘れるな」

（……そう言ってくれたのは、やっぱりジークハルトさんなんだ）

記憶にないが頭に残る言葉を改めて咀嚼《そしゃく》する。

どこにも行き場がないエレオノールにとって、言い表せないほどうれしいひと言だった。

「……ありがとうございます」

今までにない胸の高鳴りを覚え、エレオノールはぎこちなく礼を言った。

「でも、いいんでしょうか。これから仕事が減るなら、私はなにをすれば？」

「リュースの面倒を見るのが仕事だろう？」

「それだけで今の待遇を受けるのは恐れ多いです。この子は本当に手がかからないので、面倒を見るといってもすることがありません」

ふたりが同時に見下ろしたリュースは、ジークハルトの袖についたボタンに夢中だった。

このままではちぎりかねない、と判断したのもふたり同時だったようで、エレオノールはリュースを抱きかかえて引き離し、ジークハルトは自身の腕を軽く引いてリュースから遠ざけた。

「これまでの仕事がふさわしくなかったと言うなら、新しい仕事をいただけませんか？　少しでもあなたの力になりた――」

言いかけたエレオノールが不意に口をつぐむ。

（……『あなたの力になりたい』？）

仕事を求めているのは、あくまで待遇と比例しないからであって、それ以外に理由はない。だというのに咄嗟に言いかけたそれは、明らかに『それ以外』の理由をにおわせている。

「みゃあ！」

動揺をごまかしてくれたのはリュースの不満げな鳴き声だった。

どうしてもボタンが欲しいらしく、手足をばたつかせて暴れている。

「こら、リュース。わがままを言わないの」

「みゃあああ」

尻尾をつまんで引っ張ると、リュースは情けない声をあげていやいや首を振った。

「ジークハルトさん。今、あの」

ジークと呼んでいいと言われたのも忘れて話を戻そうとすると、ジークハルトは難しい顔で呟いた。

「……仕事が欲しい、か」

どうやらエレオノールの余計なひと言については聞き逃したらしい。

真面目な顔を見てエレオノールは内心胸を撫で下ろした。

（私の話を聞いたうえで寄り添ってくれるいい人なんだから、力になりたいって思っても別におかしくない。それなのにどうしてこんなに顔が熱いの）

そんなふうに思っていると、ジークハルトが口を開く。

「いっそ、俺の世話でもするか？」

「え？」

咄嗟に聞き返したエレオノールの腕が緩んだのをいいことに、これ幸いとリュースがまたジークハルトのボタンに向かって飛びついた。

誰かを想う人を、想うこと

（お世話って、こういう……）

神官による回復魔法と、まともな食事のおかげで以前よりも元気になったエレオノールは、ジークハルトに言われた通り彼の世話に勤《いそ》しんでいた。

城ではなく竜騎士たちが使う建物への出入りを許され、ジークハルトが私用する執務室にて仕事を行うようになったのだ。

主な仕事は清掃で、次から次へと増える書類の整理もする。

てっきり皇子たるジークハルトが是と言えばすべて許されるのかと思っていたが、竜騎士団員をひとり任地へ送り込むだけでも煩雑な手続きが必要らしい。

強大な力を持つドラゴンを扱う騎士は、たったひとりでも脅威として扱われる。ゆえにジークハルトが同行するのでもない限り、その所在は常に明確にせねばならない。

各地から送られてくる書状の多さに眩暈を感じたエレオノールは、当然のものとして淡々と処理するジークハルトに対し、ひそかに尊敬の念を抱いた。

ほかにやることといえば、備品の管理である。

騎士たちはその存在こそ厳しく管理されているものの、本人たちの気質まで厳格なわけではない。

「太陽草《ヘリアンサス》の花油《はなあぶら》の在庫を確認しましたが、かなり量が減っているようでした。前回仕入れた時期を考えると、想定の倍を超える勢いで使用されています。前回と同数を補充しますか？」

太陽草の花油は明かりに使えば長く火を灯し、料理に使えば香ばしい風味を与え、磨き油として使用すればどんな曇った青銅も銀の輝きを生み出すといわれる万能油だ。

竜騎士たちは主にドラゴンの鱗を磨く際に使用しているようなのだが、記録を見る限りではあまりにも減りが早すぎる。

「無駄遣いするなと言ったんだがな。下手《へた》に減らして必要な時に手もとにないというのも困る。今まで通りの発注数でいいが、個々で使用する量については一度確認すべきだな」

驚異的な速度で書類をさばくジークハルトは、横に立つエレオノールに見向きもせず言った。

「わかりました。……その、ほかにも似たような状況のものがいくつもありまして」

「基本的にはこれまでと同数でいい。明らかに使いすぎだと判断できる物に関しては、都度聞いてくれ」

「はい。もうひとつお聞きしたいことがあるんですが、大丈夫でしょうか?」

「なんだ?」

「花油はドラゴンの鱗磨き以外にも使用していますか? もし、武器の手入れにも使用しているなら、太陽草ではなくカリディアの実の油を仕入れたほうが安上がりで効果も大きいです」

これまでずっと机の上の書類と向き合っていたジークハルトが手を止めた。

そして備品の記録帳を持ったままのエレオノールを見ると、訝しげに眉根を寄せる。

「カリディアの実? それは薬に使うものだろう?」

「多くの場合はそうですね。でも、手を加えると刃物の研ぎ油として効果抜群の油に変わるんです」

「初めて聞いたな」

「育て親に教えてもらったんです」

ジークハルトには改めてエルフの知識があることを伝えてある。

「手を加えると言ったが、手間は? 必要な物品を揃えるために予算がかさむようなら、元のまま太陽草の花油でいい」

「このくらいの壺に収まる量なら一刻もかかりません」

そう言いながら、エレオノールはひと抱えほどする壺を手で表す。

「研ぎ油にするために必要なのは冷えた水と灰ですね。どちらも厨房で手に入ります」

「……その材料でどうして研ぎ油になるのか理解できないな」

ジークハルトが苦笑して言う。

「油についてはお前に任せた。問題があったらまた言いにこい」

「はい。あっ、あともうひとつ」

「今度はなんだ?」

「今年は小麦が豊作だったと聞きました。仕入れ値をもう少し下げられると思うので、担当者に交渉するよう伝えても大丈夫でしょうか? 代わりに薬草を多めに仕入れて、回復薬は私が作ろうかと思います。こちらもそれほど手間ではありませんし……」

一度は書類に視線を戻したジークハルトが、再びエレオノールを見る。

「お前は有能すぎる」

「それがお世辞じゃないならうれしいです。テレーから学んだことをちゃんと生かせているってことですもんね」

素直に褒め言葉を受け入れたエレオノールの顔には笑顔が浮かんでいた。純粋にうれしいと感じているのは火を見るよりも明らかだったが、ジークハルトの表情は苦い。

「文字の読み書きも完璧で、算術も扱えて、製薬技術もあって古代魔法も使えて、ドラゴンの母親役までやって……。こんなに有能だと知っていたら、もっと早く補佐の仕事につけるべきだった」

「これからもそう言ってもらえるように頑張ります」

うきうきと言ったエレオノールの足もとに、ずっとソファでおとなしく座っていたリュースが近づく。

「うみゃあ」

「抱っこしてほしいの？　甘えたがりね」

子竜を抱き上げた姿は、本物の母親となんら変わらない。

リュースも孵った時からふた回りほど大きくなったが、まだまだ甘えん坊なようで、エレオノールの胸にぺったりと顔を押しつけて尻尾を振っている。

「リュースはまだ念話を使わないのか」

「そうですね……。翼の使い方もまだわからないようなので、もっと大人になってからなのかもしれません」

そう答えてからエレオノールは軽く頭を下げ、仕事のためにその場を辞去した。

執務室を出ると長い廊下が続いている。

城とは違い、騎士たちが頻繁に出入りする場所だからか物々しい空気が漂っていた。

廊下の壁にかかった絵画や、見事な紋様の絨毯にもあまり意識が向かないほどだ。

「んみゅう、みゃあ」

「今日もおとなしくしていて偉かったね」

リュースはエレオノールが新しい仕事に就いてから、部屋での留守番をやめた。

今までは聞き分けがよかったというのに、ジークハルトとエレオノールが一緒にいるところにいたいようで、大暴れしたのである。

おかげでエレオノールに与えられた部屋の壁には、リュースの引っかき傷がいくつもついてしまった。

そういうわけで仕事中に子竜の世話をするという生活を送るエレオノールは、少しずつここで生きる人々に馴染みつつあった。

「リュースちゃん、今日もつやつやだね」

廊下を通りかかった男は竜騎士ではなく、竜舎で働いている。

エレオノールがここへ来てすぐの頃に、リュースにエラフィの角をくれた男だ。

「ありがとうございます。ただ、この間いただいたお菓子を食べすぎて、ちょっと体重が増えたみたいなんです」

「いいんだよ、大人になったら今の何十倍も大きくなるんだから」

彼は趣味を仕事にしている状態らしく、ドラゴンには目がない。

シュルーシュカのこともよく褒めたたえているようで、その相手をさせられるジークハルトはいつも眉間に皺を寄せている。

「今度また遊びにおいでね。ほかのドラゴンたちもおちびちゃんを待っているから」

「みゃあっ」

リュースが元気に返事をしたのを聞くと、男の顔がわかりやすく緩む。

（みんな、この人のようだったらいいのにね）

名残惜しげに執務室へ向かう男を見送り、エレオノールは抱きかかえたリュースの角の付け根を軽くかいてやった。

竜騎士たちはエレオノールを邪険にはしないが、だからといって積極的に近づこうともしない。

非常に効果が高い回復薬や、宿舎の衛生面の改善、保管庫の整理など、エレオノールのおかげで助かっている部分は多くあるはずだが、だからといって直接礼を伝えにきたり、わかりやすい好意を示す者はいなかった。

理由はやはり、ジークハルトが長年務めたメイド長を解雇した事件である。

エレオノールのために処罰を徹底したと噂が流れ、『恋人でも愛人でもなさそうだが、いったい何者なのか』という視線は今もやまない。

露骨に遠巻きにする城のメイドたちに比べれば、それでもまだいいほうなのだが。

「んみゃっ、みゃ」

「こら、ボタンをかじっちゃだめだったら」

考え事をしていたエレオノールの胸に顔を埋めたリュースが、ボタンを咥えて遊んでいる。これを引っ張るとエレオノールがかまってくれるというのを学んだのか、最近は顔色をうかがいながらわざとやっている節があった。

「大人になるまでにはその癖を直してちょうだいね」

「みゅうう」

指で喉をくすぐられたリュースが歓喜の声をあげるのを見て、エレオノールは困ったように微笑んだ。

午後の仕事を終えると、普段は働きづめのジークハルトが珍しく休憩を取った。

「よかった。今日はお茶の用意が無駄にならずに済みますね」

「なんだ、嫌みか？」

「少しだけ。だっていつももったいないなと思っていたんですよ」

メイドが運んできた香草の茶と、まだ温かい焼き菓子を、ソファに座ったジークハルトの前へ持っていく。

いつもはテーブルの上に休憩の用意をしてもジークハルトが休まないために、せっかくのお茶もお菓子も冷めてしまっていたのだが、今日は違った。

ジークハルトは運ばれたお茶とお菓子を見ると、そばでメイドのように控えたエレオノールを軽く手招きする。

「そんなに気になるなら早く言えばよかっただろう。そこに座れ」

ジークハルトが示しているのは自身の真正面に置かれたソファである。普段は竜騎士団の中でも地位の高い騎士が、仕事の打ち合わせをするために使われているものだ。

「俺は茶だけでいい。菓子はお前が食え」

「そんなことをしたらみんなになんて言われるか……」

「俺がいいと言ったのに、なぜ文句を言われなければならないんだ？」

そう言ってジークハルトは再びエレオノールを促した。

（こういう時、皇子様なんだなって思ったり思わなかったり……）

ジークハルトは他人が自分の意思を優先する生活に慣れており、それが当然だと思っている節がある。

皇族なのだから当たり前ではあるものの、今までそうした人間と接した経験のないエレオノールには新鮮に映った。

不思議なのは、自分を優先させようとする言動を不快に思わないところだ。

もちろん、リュースを奪おうとした時の件は別だが。

(最初と違って、どういう人なのか知ったからなのかな)

エレオノールは悩んだ末、ジークハルトの誘いに応えることにした。

甘い香りを漂わせる焼き菓子が魅力的すぎたために。

「お言葉に甘えていただきます」

「ああ」

ソファに座ったエレオノールの膝の上には、自分にも菓子を寄こせと騒ぐリュースがいる。

「みゃっ、みゃあっ、みゃあ！」

「だめでしょ。そんなふうに騒いだら」

お菓子を欲しがって暴れるリュースだが、エレオノールには通用しない。

それをジークハルトはおもしろそうに見ていた。

「シュルーシュカは生肉を好むんだが、リュースは違うんだな。そんな菓子まで欲しがるとは」

「普段からそうなんです。食事も肉や魚よりは、ジャムのついたパンのほうがいいみたいで――こら、リュース！」

手を伸ばして勝手にお菓子を取ろうとしたリュースが叱られる。

諦めの悪さを発揮し、エレオノールに遮られてなお、お菓子を狙っていた。

「俺が抱いていようか」

「そうしたらお茶を飲めなくなりますよ」

「どうせ冷めるまで待たねばならないんだ。それまで相手をしていよう」

立ち上がったジークハルトがリュースを抱き上げて再び席に戻る。

おかげでエレオノールのもとには平穏が訪れたが、当のリュースはお菓子から引き離されたのが気に入らなかったのか、じたばたもがいていた。

「みゃっ！　みゅううう」

「いくら暴れても無駄だ。シュルーシュカならともかく、子どものお前が暴れても怖いとは思わないからな」

ジークハルトはもがくリュースを完璧に押さえ込んでいた。

竜騎士なだけあって相手が子竜でもドラゴンの扱いに慣れているらしい。

「すみません。すぐに食べますね」

「気にするな、ゆっくり食え」

エレオノールは甘い湯気を漂わせた焼き菓子を、皿ごと自分の手もとに寄せた。

香ばしく色づいたそれには、干しぶどうが交ぜ込まれている。微かに酒の香りがするから、酒に漬けたぶどうを使用しているのだとわかった。

（こんなお菓子、初めて）

慎重に指先でつまんだお菓子を口に運んだ瞬間、エレオノールは目を見開いた。

鼻を通って抜ける上品な酒の香り。舌の上でほどける温かな生地はしっとりとやわらかく、干しぶどうの甘みを吸ってえもいわれぬ味わいである。

甘味とは非常に貴重なものだ。

エレオノールもテレーのもとで花の蜜や凍った樹液を与えられたくらいで、加工品はほとんど口にしたことがない。

食生活が改善して幾分ふっくらした顔が恍惚とするのを見て、ジークハルトが、くっと喉を鳴らして笑った。

「よほどうまかったらしいな」

「そんなに顔に出ていましたか……？」

「ここまで感情がわかりやすく顔に出る奴を初めて見た」

エレオノールは顔を真っ赤にして、口をもぐもぐさせながら下を向いた。それがまたジークハルトにとってはおもしろかったらしく、肩を震わせて笑っている。

「明日からは毎日違う菓子を用意させよう」

「こんなのは今日だけです。仮にも雇い主のお菓子をいただくなんて……」

「だったら、雇い主として命じてやろうか。明日から俺の目を楽しませろ、と」

「勝手に人を見て楽しまないでくださいっ」

「みゃあぁ」

エレオノールの声にリュースの鳴き声が重なる。

母親の反応を見てますますお菓子が欲しくなったのは間違いなかった。

「わかった。わかったから。ちょっとだけだからね」

ジークハルトにからかわれたのを早く忘れたいエレオノールが言うと、肝心のジークハルトが長い足を組んで鼻を鳴らした。

「そうやって甘やかすから、騒げば思い通りになるものだと覚えるんじゃないのか？」

「だったら上手に躾《しつ》けてくれてもいいんですよ。子どもの世話って大変なんですから」

「俺のドラゴンはシュルーシュカだけでいい。あいつのわがままだけで手いっぱいだ」

「それ、シュルーシュカさんを甘やかしてませんか？」

「まさか。あいつを甘やかそうと思ったら、鉱山がいくつあっても足りない。いつか宝石の寝床を手に入れるのが夢らしいからな」

話しながら、エレオノールは奇妙な気持ちになっていた。

（いつの間にこんなふうに話せるようになったんだっけ）

ジークハルトはエレオノールにとって敵で、リュースを奪うひどい相手のはずだ。

それが、気づけば冗談を言い合い、遠慮なく話す仲になっている。

最初は真面目で物静かだと思っていたジークハルトが、実は冗談を好む人だと知ったのも最近の話だった。

（もっとこの人のことを知りたい。今みたいに笑うところを見たい）

とくんと高鳴る胸には気づかないふりをして、エレオノールは再び口を開いた。

「皇子様でも宝石の寝床は与えられないんですね」

「お前やリュースならともかく、あいつの大きさを考えろ」

ひとしきり笑ってから、ふとエレオノールはずいぶん前から抱いていた疑問を口にした。

「そういえば、どうして皇子様なのにずっとルストレイクにいらっしゃるんですか?」

ベルグ帝国の首都はイーヒェルで、ジークハルト以外の皇族は皆そちらに居を構えている。最初は竜騎士団の団長を務めているから、首都を離れたルストレイクで生活しているのかと思ったが、シュルーシュカがいるのであれば通いで仕事をしてもいいはずである。

イーヒェルとルストレイクの距離ならば、馬を使った場合でも一日かからない。普段の仕事を見ている限り、団長といっても基本的には事務作業が多く、通いでも影響がなさそうだという認識だった。

答えようと口を開きかけたジークハルトだったが、まるでその瞬間を見計らったかのようにリュースが広い胸に飛びついた。

「リュース!」

声をあげ、いたずらな子竜を叱ろうとしたエレオノールの視線がジークハルトの胸もとで止まる。

リュースがボタンを引っ張ったせいで、肌が露《あら》わになっていた。

しかしエレオノールが驚いたのはその白い肌ではなく、そこに刻まれている古傷である。

「その傷……」

シャツの隙間から覗《のぞ》いている傷は一部分だけ。

おそらくはもっと大きな傷だろうと判断したエレオノールは、言葉の先を続けられずに口を閉ざした。

そんなエレオノールに、ジークハルトが自嘲気味な笑みを見せる。

「先ほどの質問だが、俺がルストレイクにとどまるのはただの皇子ではないからだな」

ジークハルトはボタンを欲しがるリュースを押さえ、乱れた服を整えてエレオノールの視界から古傷を遠ざけた。

「ドラゴンに乗れるから、でしょうか」

「それは訓練次第でどうとでもなる。――生まれの問題だ」

そう言うと、ジークハルトはぬるくなった香草茶を口に運んだ。

「俺の母はとある少数民族の出身で、現皇帝陛下のもとに和平の証として要求された。俺が生まれた際に亡くなったが、この世のものとは思えないほど美しい女性だったそうだ」

だからジークハルトも思わず目を惹くほど魅力的な美しい容姿なのか、と言おうとしたエレオノールは口をつぐむ。

素直に褒めるのが恥ずかしかったからではなく、ジークハルトのまとう重苦しく苦い空気にあてられたからだった。

「皇妃は母が亡くなった理由を、忌まわしい血族の呪いのせいだと言った。……どうも呪術を得意とする一族だったようでな。その証がこの瞳だ」

夜の闇を集めたような黒髪の間から、鮮やかな紫水晶の瞳が覗く。

「ベルグ帝国は多くの人種を有した国だ。瞳の色も様々だが、この色の瞳だけはない」

「お母様の一族の方はどこへ……？」

「母を王宮に売り渡した後、どこへともなく消えたそうだ。だから俺に身内と呼べる存在はいない。血が繋がっているという点で言えば現皇帝陛下がそれに当たるが、今まで父だと思ったことはないな」

神秘的な紫の瞳は美しく、『忌まわしい血族の証』と言われてもそうは思えない。

しかしエレオノールはジークハルトも自身の瞳の色を疎んでいると感じた。

「下手に第二皇子になどなったせいで、第一皇子の地位を脅かす存在だとされて何度も殺されそうになった。先ほどお前が見た傷もそのうちのひとつだ。毒を飲まされたことも一度や二度ではない」

エレオノールが思い出したのは、シュルーシュカが瀕死《ひんし》のジークハルトを連れて城まで戻ってきた夜のことだった。

（あの時も人間の仕業だと言っていた。もしかして今も命を狙われているの……？）

さっきまで甘く幸せだったエレオノールの口の中に苦いものが広がる。

「でも、私……きれいな瞳だと思いました」

初めてジークハルトに出会った時、美しい紫の瞳に吸い込まれそうだった。

こうして改めて見ても不吉なものなど感じず、やはり美しいと思ってしまう。

（こんな慰めを望んでいないかもしれないけど、こう思っている人間がいることを知ってほしい）

エレオノールにはジークハルトの抱える空虚が理解できた。

瞳の色を理由に疎まれた過去とその苦しみは、そうそう忘れられるものではない。

「そう言ったのは、お前ともうひとりだけだ」

「ほかにもいたんですね。よかった……」

「もう亡くなった」

ぽつりとつぶやくようなひと言に感情は乗っていない。

しかしそれがジークハルトのやるせない気持ちを表している。

「あれは今から十三年前だから……俺が十歳の時だな。リヨン王国との国交を深めるパーティーでの出来事だった」

今から十三年前なら、エレオノールは五歳だ。

愛されるのに必死だった過去を思い出しそうになり、すぐ記憶に蓋をする。

(……リヨン王国)

懐かしい故郷の名も、エレオノールの胸を震わせはしない。

「毒を飲まされてパーティーに参加するどころではなくなった。使用人は仕事に駆り出されるし、神官を呼んでくれる者もいないし、どうすることもできなくて死ぬところだったんだ」

エレオノールは無意識に自分の胸もとを掴んでいた。

十歳の子どもが毒に苦しむ姿を想像しただけで、胸のあたりが焼けつくように痛む。

「そのまま死ぬのも癪で逃げ出した時に出会ったのが彼女だった」

彼女、とエレオノールは声に出さずに唇を動かす。

痛みを訴えていた胸に、別の種類の痛みが生まれたような気がした。

「お前と同じ、薔薇色の髪と緑の瞳をしていた。彼女が助けてくれなければ、本当に死んでいただろう」

懐かしそうな眼差しには、今まで見たことのない優しい光が宿っている。

ジークハルトがその女性を心から特別に思って——愛おしんでいるのだとわかった瞬間、またエレオノールの胸がちくりと痛んだ。

「彼女もまた、俺の目を見て美しいと言ってくれた。……懐かしいな」

「亡くなった……と言っていましたよね」

「ああ。流行り病だそうだ。あの時に言えなかった礼をいつか言いたいと思っていたのにな。これればかりはどうしようもない」

胸の痛みが強くなる。

エレオノールは未知の苦痛を紛らわせるように唇を噛み、言った。

「ジークハルトさんは、その方のこと……」

具体的な質問をできずに濁すも、察したジークハルトが目を伏せて微笑む。

「彼女以上に特別な人はいない」

すでにこの世にいない相手に、心のすべてを捧げているのは明らかだった。

ジークハルト本人が違うといっても信じなかっただろう。こんなに寂しそうに、そして愛おしそうに、懐かしそうに語る相手が特別でないなんて嘘だ。

「そんなに……特別な方だったんですね」

「生きてほしいと言ってくれた唯一の人だからな。あの頃の俺は皇妃と第一皇子の望むようにはしたくないと憎しみだけで生きていたのに、彼女の言葉で——彼女が望んでくれたから生きようと思った。……救われたんだ」

亡くなった女性との間にどんなやり取りがあったのか、エレオノールには知りようがない。知りたくても、踏み込むのが怖いと思ってしまった。

ふたりの間の特別なひと時が、どれほどジークハルトの心に残っているかを思い知らされる気がして。

「どうしてこんな話になったんだったか。昔の話などするつもりはなかったのに、お前は聞き上手なんだな」

「……つらいことを聞いてしまってごめんなさい」

「謝るな。お前にそういう顔は似合わない」

うつむいたエレオノールの顎を指で持ち上げると、ジークハルトは安心させるように微笑む。

少し前ならその笑みに頬を赤らめていたエレオノールだが、今は苦しくなるだけだった。

(私がどんな顔をしたとしても、この人の心にはもう特別な存在がいる……)

なにがそんなに切ないのかわからず、エレオノールは無理やり笑みを作ってなにも感じていないふりをする。

「みゃあう」

そこに、リュースの甘える声がした。

「どうしても食べたいのね。ほら、おいで」

これ幸いとリュースを呼び寄せ、まだ残っていたお菓子を差し出す。

エレオノールの手からお菓子を受け取ったリュースは、ちょこんとソファに座って大喜びで食べ始めた。

「つまらない話をした詫びとして、明日の菓子は二種類にしてもらおう」

「今度はリュースに取られないようにしなきゃいけませんね」

どれほどおいしいお菓子だったとしても、さっきまでのように幸せな気分にはなれそうにない。

口の中に残っていた甘さもとうに失せ、エレオノールは鉛をのみ込んだ気分を味わっていた。

翌日、よく眠れずに目を覚ましたエレオノールのもとに、朝早くからジークハルトがやって来た。

メイド長による嫌がらせ行為が発覚してからというもの、ジークハルトは自ら足を運んでくることが多くなった。

彼がどれだけ忙しいかを知っているエレオノールからすると、いくら問題を未然に防げなかった罪悪感があるとはいえ、自分のために貴重な時間を使われるのはどうにも落ち着かない。

「みゃーうっ」

扉を開けた瞬間、誰がやって来たのかわかったリュースに飛びつかれたジークハルトは、エレオノールと違って上手にその身体を抱き留めた。

「おはようございます。こんな早い時間にどうかなさったのですか？」

「面倒な連絡があってな」

苦い表情でジークハルトが一通の手紙を見せる。

上等な紙に繊細な意匠が施されたそれは、単なる連絡用に使うものではない。

しかも、ご丁寧にベルグ帝国の紋章が描かれていた。

「それはもしかして皇帝陛下からの……？」

「そうだ」

エレオノールは表情を取り繕うのも忘れて顔をしかめた。昨日聞いた限り、ジークハルトはかなり特殊な立ち位置の皇子で、父である皇帝や皇妃に疎まれている。

特に会話には出てこなかったが、皇妃の息子である以上、第一皇子ともよい関係とは言いがたいのだろうと容易に察せられた。

「リヨン王国からパーティーの招待状が届いたそうだ。二国の友好を示すのが目的だそうだが、帝国側の人間を呼びつけて自国の優位を見せつけたいだけだろう」

話しながら、ジークハルトはエレオノールに招き入れられて彼女の部屋に足を踏み入れた。

「いろいろと事情があるんですね」

「ああ。今までは理由をつけて断っていたようだが、さすがにこれ以上は難しいと判断したらしい。俺に第二皇子としての職務をまっとうするよう通達があった」

「……第二皇子として扱ってくれない人たちが、ですか」

「誰に聞かれるとも限らない。口は慎め」

思わず胸の内の憤りを口にしたエレオノールを、ジークハルトが軽くとがめる。

しかしその言葉に重みはなく、形式的に指摘しただけに感じた。

(この人は私よりよほどひどい環境で生き抜いてきたんだ)

エレオノールは目を伏せ、小さく息を吐く。

「話を本題に戻そう」

ジークハルトはそう言ってリュースを足もとに下ろした。

子竜はまだ抱っこされていたかったようで、床をうろうろ歩き回ってから不満げにひと声鳴く。

「俺はリヨン王国へ向かう。同行してくれないか？」

「私が……ですか？」

好意的な反応をできなかったのは、場所が場所だからである。

そこはラフィエット伯爵家の長女だったエレオノールが捨てられた場所であり、ラスとして生きるエレオノールが捨てた場所だ。

「パーティーに参加するならば、相手が必要になる。だが、あいにく俺にはそういった女性がいない。お前ならば見目もいいし、第二皇子の相手に不足はないだろう」

ベルグ帝国の第二皇子が特定の女性を連れずにパーティーに出たとなれば、リヨン王国の貴族たちは目の色を変える。

もしかしたら自分の娘が皇子の妻として選ばれるかもしれない。

そう判断された場合、リヨンに滞在するジークハルトにどれほど望まない面倒が発生するかは考えるまでもなかった。

「この容姿を褒めてくださったのはうれしいですが、私よりもっと美しい方なら帝国にいくらでもいらっしゃるのでは……？」

「どれほど美しくても、頼みやすいのはお前だけだ。俺にもリヨン王国で気を抜ける時間が必要だと思わないか？」

　軽口交じりに言われてエレオノールの胸が少し熱くなる。

（気心知れた相手だと思ってくれているんだ）

　招待を受けて最初に声をかけてくれたのも光栄で、先ほどしかめたエレオノールの顔が奇妙な表情にゆがんだ。

　うれしさから思わず笑みがこぼれるも、それを慌ててごまかそうとしたためだった。

「なんだ、その顔は。俺に誘われるのは嫌だったか」

「違います！　そうじゃなくて、本当に私でいいのかと……」

「お前がいいから誘いに来たんだ。それとも雇い主として命じたほうがよかったか？」

　またも軽口を叩かれ、エレオノールは今度こそ笑ってしまった。

「頑張ってパートナーを務めますね。でも、ベルグ帝国の作法には詳しくありませんし、パーティーに着ていくドレスや、装飾品を持っていません」

「作法については専属の教師を呼ぶ。城の図書室も開放するから、必要があれば好きな時に勝手に学べ。それでもわからなければ俺に聞けばいい。ドレスや装飾品も心配するな。シュルーシュカのおねだりに比べれば安いものだ」

ほかに問題は？と言いたげなジークハルトの足をリュースが上り始める。

それを見たエレオノールは、リュースが爪で衣服に傷をつけないよう急いで引きはがして腕に抱いた。

「リュースはどうしましょう。連れていくわけにはいかないと思います」

「そうだな。いたずらでもされたら国際問題に発展しかねない」

「うみゃあ？」

無事に抱っこされたリュースが、まったく状況を理解できない顔で首をかしげる。

エレオノールにとっては見慣れた愛くるしい顔だが、いくら小さいとはいえリュースはドラゴンだ。

「ここに残していくしかない。竜舎で世話をしてもらおう」

「みゅう」

「どうせシュルーシュカも連れては行けない。たまにはあいつも誰かのわがままに振り回されればいいんだ」

「シュルーシュカさんなら面倒を見てくれそうですね」

以前のエレオノールなら決してそう言わなかった。

ドラゴンは恐ろしいものだという意識は今も変わらずあるが、シュルーシュカには気を許せる。

それはやはり、ジークハルトが生死をさまよった際の必死の慟哭が耳に残っていたからだろう。

「あいつには俺のほうから言っておく。それでもまだ心配なら……」

「いいえ、リュースにも私がいない時間に少しずつ慣れてもらわなければと思っていたんです。この子、寝ている時も勝手にベッドに入ってきて甘えてくるので……」

人間の子どもならば、生まれて一年も経たない状態で置いていこうとは思わない。

しかしリュースは日々めきめきと元気に成長しており、明らかにエレオノールの言葉を理解している。

「俺のボタンを引きちぎろうとするのも、甘えたがりだからなのかもしれないな」

「ほかの人にはしないので、私たちだけにしかしないんだと思います」

「母親役のお前はともかく、俺にまでそうする理由はなさそうだが」

「ドラゴンに慣れているのがわかるから……とかでしょうか」

「ああ、なるほど」

リュースはジークハルトに角の付け根を軽くかかれて気持ちよさそうに目を閉じた。

こういう姿が愛玩動物にしか見えないから、エレオノールはついついこの子竜を甘やかしてしまうのである。

「話が長くなったな。また追って連絡する。必要なものがあれば遠慮なく言え」

「はい、わかりました」

部屋を出ていくジークハルトの背を見送り、エレオノールはあくびをしたリュースに視線を落とした。

（パーティーにはラフィエット家の人々も来るんだろうか。……いたとしても、今の私を見たところで娘だとはわからなそうだけど）

少しでも顔を合わせる可能性があるなら、リヨンには帰りたくない。

だが、以前ほどかつての故郷に対して複雑な気持ちを感じなかった。

（一緒に行くのがジークハルトさんでよかったのかもしれない。ほかの人だったら、きっと最後まで断っていたと思う）

気心知れた相手にいてほしいと思ったのは、ジークハルトだけではない。

もしもエレオノールがリヨンに帰るとしたら、なにが起きても味方でいてくれる存在が必要だ。

『俺がお前の居場所になってやる』

ジークハルトの言葉があるから、勇気を出せた。

「私も頑張るから、あなたもお留守番を頑張ってね」

「あみゃあ」

「こら、指を噛まないの」

鼻をつつかれたリュースがエレオノールの指を掴んで口に入れる。

ずらりと並んだ白い牙は細い指を傷つけなかったが、代わりによだれでべとべとにした。

◇◇◇

《どうして今まであなたにつがいができなかったのかよくわかったわ。なに、あの下手な誘い方。人間のやり方はわからなくても、あれが間違いだったってことは私にもわかるわよ》

「うるさいぞ」

ラスを無事に誘ったジークハルトは竜舎に向かったが、そこで待っていたのはシュルーシュカの小言だった。
《それでも適齢期の雄なの？　宝石を贈るとか、いろいろあるじゃない》
「勝手に人の記憶を覗き見るな」
シュルーシュカがおもしろがって編み出した古代魔法のひとつに、ジークハルトとの感覚や記憶を共有するというものがある。自分を含め、常時ふたり分の情報が頭に流れてくるため、多用すれば心を壊しかねない非常に強力で難しい魔法だ。
シュルーシュカはその魔法を作り出した理由を、『私を置き去りにして楽しいことをしていたら文句を言いたいからよ』と言っている。
しかしジークハルトは、彼女がそういうことを言う時に限って別の意図があるのを知っていた。
《あれじゃあ業務連絡と同じだわ！　私たちだって気になる相手には、とっておきの獲物を贈ったり、おもしろい知識を披露して誘ったりするのに！》
「だったら俺にどうしろというんだ。人間の事情などわかりもしないくせに」
《あら。あなたのことならわかるわよ》
シュルーシュカは体躯に比べて細い尾をしなやかに揺らして言う。

《つがいにしたいならそう言えばいいじゃない》
竜舎の壁にもたれ、腕を組んでいたジークハルトが反射的に顔を上げた。
「お前、なにを……」
明らかに動揺したジークハルトを見て、シュルーシュカがくくと喉を鳴らす。
《私も好きよ。おもしろい人間だもの。好奇心を刺激されるわ》
「……勝手に刺激されていろ。俺までそうだと思うな」
《ねえ、ジーク。私はあなたの記憶だけじゃなくて、感情や感覚もわかるのよ》
さすがに聞き流せず、ジークハルトは顔をしかめてシュルーシュカを睨んだ。
「二度とやるな。もしまた同じ真似をしたら――」
《そんなに怒るなんて、よっぽど知られたくないのねえ》
私的な領域を侵害され、明確な怒りを示すジークハルトに対して、あくまでシュルーシュカは余裕だった。
人間はか弱く愚かな生き物だと思っているドラゴンらしい傲慢さを前に、ジークハルトは受け流された怒りを溜息にして吐き出す。
「……彼女以上に特別扱いしたい人などいるものか」
《知っているわ》

「たとえこの世にいなくても、彼女でないなら意味がない」

《あなたの心と身体を救ってくれた特別な人だものね》

毒に苦しんでいた幼いジークハルトを救った少女は、ずっと疎んでいた瞳をきれいだと言って笑った。

いっそ死んだほうが楽かと空虚に笑ったジークハルトに、『生きてほしい』と泣きそうな顔で告げ、憎しみと絶望と諦めでいっぱいだった心を救ってくれたのだ。

この少女が願ってくれるなら、望んでくれるなら、生きたい――と。

もし、本当におとぎ話の聖女が存在するなら、きっと彼女のような人だと思った。

多くを癒やし、守り、慈しむ聖女と、自分よりはるかに年下の少女を重ねるなんてどうかしていると思いながらも、ジークハルトは彼女を特別扱いせずにいられなかった。

それなのに、ジークハルトは彼女を失ってしまったのだ。永遠に。

《後悔する前につがいにしておきなさいよ》

それきり、シュルーシュカは念話を打ち切って極上の藁の上で丸くなる。

リュースの面倒について話はできなかったが、記憶を盗み見たのなら言わずとも伝わっているだろう。そう判断し、ジークハルトはシュルーシュカに声をかけず竜舎を後にした。

外へ出るとまぶしい太陽が出迎える。

目を細めるも、温かな淡い金の光が誰かの笑顔を思わせた。

(心に決めたはずだ)

かつては幼い少女の笑みが脳裏に浮かんだのに、今は違う。

仕事を求めたラスに補佐をするよう言ったのは、誰にも傷つけられないよう目の届く場所に置いておきたかったからだけではない。

ただ、彼女の存在を感じていたかったのだ。

たとえ意識しすぎて仕事の効率が落ちたとしても。

(……俺は彼女をどうしたいんだ)

誰かを伴ってパーティーに参加せねばならないと知った時、相手はラスしか考えられなかった。

着飾った姿を見たいと思ったのは、そしてそんな彼女の隣を独占したいと感じたのは、果たしてどういう感情からくる欲だったのか。

ジークハルトは首を左右に軽く振ると、シュルーシュカの余計な言葉を思い出さないようにしながら歩きだした。

◇◇◇

ひと月後、エレオノールはジークハルトとともにリヨン王国に向かった。

城の大広間にてついにパーティーの夜を迎えるも、エレオノールの表情は硬い。

「先ほどから落ち着かないな」

そう言ったジークハルトは、黒に紫紺の差し色が入った正装に身を包んでいる。

そうすると皇子らしさが強まって、まとう雰囲気も華やかになる。その姿は普段以上にぐっと人目を惹きつけた。

その証拠に招待客はちらちらと落ち着かない視線を送っている。

しかし男性客の注目を集めているのはエレオノールのほうだ。

「緊張してしまって……」

「なにも言わなければ水の妖精が降り立ったのかと疑うほど美しいのに」

「からかわないでください。粗相でもしたらって気が気じゃないんですよ」

「からかったつもりはないんだがな」

ジークハルトが言った通り、今日のエレオノールは普段と違っていた。

普段は流しているだけの髪を編み、ゆるやかに背中に垂らしている。

ジークハルトが水の妖精と称したように、ドレスは淡い水色だ。

裾に向かうにつれ朝焼けを思わせる薄紫が広がり、ジークハルトと並ぶと間に割り込む隙もないほど完璧な対になっている。

「そうしていると別人のようだ。お前を誘って正解だった」

「ありがとうございます。でも、見た目だけですよ。まだお作法は頭に入りきっていないので……」

この日を迎えるギリギリまで、仕事の合間を縫って作法の勉強に勤しんだ。

さらに上流階級特有の言葉遊びや会話のために、図書室で本を読みあさっては限界まで脳を酷使している。

ジークハルトが用意した教師はエレオノールを褒めたが、本人はまだまだだと思っていた。

「今のお前ならどんな粗相をしたとしても、笑いかけるだけで許されるはずだ」

「じゃあ笑っておきます。やらかした時に一番怒りそうなのはジークハルトさんですから」

緊張をやわらげるために冗談を返すも、ジークハルトはやんわりと首を横に振る。

「ジーク、だ」

愛称で呼ぶよう促されたエレオノールは困った表情になる。

「あなたのパートナーを務めただけでなく愛称で呼んだと知れたら、未来のお妃様が見つからなくなってしまいますよ」

「別にいい。俺が妃を見つけなければ、皇妃も異母兄《あに》も喜ぶだろうな」

過去を明かして以来、ジークハルトは自身の抱える闇を隠さなくなった。

気を許してくれていると喜んでいいのかどうか、エレオノールにはわからない。

ただ、ジークハルトは明らかに気を使わない会話を楽しんでいた。

（そうはいっても、皇子様なんだからいずれは結婚だってしなくちゃいけないのに）

エレオノールは、自分の瞳と同じ色をしたペンダントにそっと触れる。

この宝飾品もジークハルトが用意したものだ。

ここにリュースがいれば、きっとかじって遊んでいたに違いない。

（……特別な人が心の中にいるのに、ほかの人と結婚しなきゃならないってどんな気持ちなんだろう）

ジークハルトの想い人について考えるたび、エレオノールの胸は嫌な痛みを訴えた。

今はその痛みに顔をしかめるわけにもいかず、頬を引きつらせて笑みを作っておく。

「そろそろ紹介される頃だろう。勉強の成果を見せてもらおうか」

「緊張するようなことを言わないでください……っ」

ジークハルトが言ったように、それからいくばくも経たないうちにふたりはベルグ帝国の第二皇子とそのパートナーとして紹介を受けた。

広間の中央にて、エレオノールたちだけでなく他国の王族やリヨン王国の重鎮たちも紹介される。

次々と連ねられる名前を聞いていたエレオノールは、途中から顔と名前を一致させるのを諦めた。

代わりに、広間を埋め尽くさんばかりのきらびやかな招待客たちに目を向ける。

リヨン王国の流行は首まで詰めた肌の露出が少ないドレスなのか、多くの女性が似たものを身につけていた。

パートナーがいる者もいれば、近くにそれらしい人物が見つからない相手もいる。

妙にぎらついた眼差しを送る人々もおり、そんな女性たちは特に熱心にジークハルトを見つめていた。

(こういう場に来たのは、初めてじゃない気がする)

華やかな場なのにどこか窮屈で、息が詰まるような息苦しさを覚える。

さざめく笑い声や話し声も雑音にしか聞こえず、鼓膜を引っかかれている気になったし、まばゆい景色を見ていると、こめかみのあたりがずきずき痛くなってくる。

もし、こんな場に来たことがあるとしたら、ラフィエット伯爵家にいた頃だ。

地位や名誉、財力のある人々たちに囲まれた人生とは遠くない場所にいたはずなのに、あまりにも居心地が悪い。

(ここは私が生きる場所じゃない……)

隣を盗み見ると、ジークハルトは平然としている。

大衆から注目されるのに慣れているのだとすぐにわかったが、その事実は唐突にエレオノールの胸を突いた。

(なにをしているんだろう、私……)

エレオノールがここにいる理由は、ジークハルトに同行を乞われたから。

そもそもなぜ声をかけられる間柄になったかというと、もとをたどればジークハルトがリュースを奪いに来たからだ。

(楽しいから忘れてた)

ジークハルトは間違いなくエレオノールの居場所になってくれたし、ふたりで話したり、一緒にリュースの相手をしたりする時間は幸せだった。

だが、いつまでもこんな日々は続かない。

エレオノールは故郷を失った身寄りのないただの女で、ジークハルトは疎まれているとはいえベルグ帝国の第二皇子なのだから。

(この人を自分の居場所にしちゃいけなかった)

隣にジークハルトがいるというのに、ひとりぼっちになったように錯覚する。

だからエレオノールは貴賓の紹介が終わって、本格的にパーティーが始まってもすぐには動けなかった。

「ラス」

立ち尽くしたままぼんやりとするエレオノールにジークハルトが声をかける。

「大丈夫か？」

「あ……はい」

見つめてくる紫の瞳を、相変わらず美しいと感じる。

しかしもう、エレオノールはジークハルトの瞳を素直に賞賛できない。

(だって私は、特別になれない)

そんな存在がいるだけでもつらいのに、そもそも生きる世界が違う。

耐えがたい痛みを胸に感じた時、エレオノールは気づいてしまった。

(いつから私は、ジークハルトさんの特別になりたかったんだろう……？)

「人混みに慣れなくて酔ったか？　無理はしなくていい。外の空気でも吸いに行くか」

「……ありがとうございます」

　差し出された手を取るも、心ごと預けて頼ろうとまでは思えなくなった。

なにもかも許した時につらいのは自分だけだと、エレオノールにはわかっている。

「せっかくなので一曲だけダンスにお付き合いいただけませんか？　これも万が一のためにしっかり叩き込まれたんですよ」

エレオノールはジークハルトの大きな手を見つめて言った。

（この手を取るのは、今日で終わりにしよう）

広間に流れる音楽に今さら気づいたようで、ジークハルトが軽く宙に目を向ける。

そして肩をすくめてから胸に手を当て、エレオノールに向かって頭を下げた。

「一曲踊ってくれないか？」

「誘ったのは私なのに……」

「こういう時は俺から誘うのが筋だろう」

真面目くさって言うと、ジークハルトはふっと笑った。

（私、あなたの笑った顔を見るのが好きみたい）

人の流れに身を委ね、エレオノールはジークハルトに先導されるまま足を動かした。

格調高い弦楽器の音がやわらかく響き、特別な空気をより輝かせる。

「楽しそうだな」

「ええ」

答えて、エレオノールは笑顔を返した。

(あなたの声も好き。手も、広い胸も)

音楽に合わせてくるりと一回転すると、意識を別のところに向けていたせいか転びそうになる。

しまったと思ったエレオノールだったが、ジークハルトはその身体を危なげなく支えた。

「お前はいつも俺の前で転んでいるな」

「たまたまです……」

エレオノールの頬が赤く染まる。

(初めて会った時もそうだった)

徐々に音楽が緩やかになり、ほかの人々と同じようにエレオノールもジークハルトに密着する。

鼓動が聞こえそうなほど距離が近い。

顔を上げると、エレオノールだけを映す紫水晶の瞳があった。

（……ジーク）

呼んでもいいと言われたから呼ぼうと思ったのに、唇から漏れたのは声ではなくかすれた呼吸だけだった。

（私には呼べない。……特別すぎて）

見つめられることに耐え兼ねてうつむくと、いつの間にか腰を抱いていた腕がエレオノールを引き寄せた。

（ここにリュースがいてくれたらよかった。そうしたら、この人の腕から逃げ出す口実ができたのに）

うつむいたままのエレオノールの目尻には、こぼすまいと必死にこらえる涙が浮かんでいた。

曲が終わると、踊っていた人々は互いに会釈をして広間に散っていった。

中央ががらんと空くも、すぐにそこも社交の場として埋まっていく。

エレオノールは残りの時間をジークハルトに任せることにした。

次のダンスのお相手を虎視眈々《こしたんたん》と狙う女性陣の視線は痛いものの、第二皇子として招待されたからには外交にも精を出さねばならない。

ジークハルトもまた、さりげなくエレオノールを気遣いながら皇子としての役割に徹した。

贅《ぜい》を尽くした衣服に身を包んだ貴族が次から次へと現れ、普段は竜騎士として国防を務めるジークハルトに挨拶をしていく。

「兄君のハインリヒ殿下には大変よくしていただいております。ついにジークハルト殿下にもお目見えが叶って感無量でございます」

「こちらこそ、リヨン王国の名宰相と名高い貴殿と、ついに言葉を交わせてうれしい限りだ」

堂々としたジークハルトの姿を、エレオノールはおとなしく見守っていた。

（いつもは皇子様らしいところを見ないから、身分なんて気にならなかった）

身分違いである事実をひしひしと実感していた時、エレオノールはジークハルトに挨拶をしに来た別の貴族を見て息をのんだ。

顔に深い皺を刻んだ男女と、まだ子どもといっていい少女は、宝石をはめ込んだのかと錯覚するほど美しい青い瞳をしている。

これまで見た貴族に比べるとドレスの意匠は古く、布地が少しよれていた。

その貴族たちはエレオノールたちのもとへやって来ると、疲れを滲ませながら頭を下げる。

「お目にかかれて光栄です。ジークハルト殿下」

男はそう言うと、そばにいた十歳くらいの少女の背を軽く押して挨拶を促した。

少女は緊張した顔で赤いドレスの裾をつまむと、ぎくしゃくとお辞儀をする。

「アナイス・リール・ラフィエットと申します。お会いできてとてもうれしいです」

(──ああ、やっぱり)

無意識にエレオノールは足を引いていた。

目の前にいるのは、十一年前に家族と呼んでいた人たち。

そして会釈をした少女はエレオノールの母親違いの妹だ。

「未来の淑女に挨拶できてなによりだ。社交界に出たのは今日が初めてか?」

少女の代わりにラフィエット伯爵が答える。

「いいえ、初めて社交の場に出たのは五年前になります。もっとも、妙な虫がつかないようパーティーへの参加は最低限としてきましたが」

そう言ってから、伯爵はずいっとジークハルトに向かって身を乗り出した。

「恐れながら、殿下はいまだにお相手を定めていらっしゃらないと耳にしました。どうでしょう、うちの娘は幼いですがきっと……」

「申し出はありがたいが、今はともにダンスを踊る女性がいる」

貴族の娘がひと回りどころか父親以上の年齢の男と婚姻を結ぶのは珍しくない。

そうはいっても、伯爵の勢いは少々異様だった。

ジークハルトは他国の貴族であることを考慮し、やんわりと断ってから自然とエレオノールに意識を向けさせる。子どもではなくきちんと相手となる女性がいるのだと示したつもりだったが、ラフィエット伯爵は止まらない。

「確かに美しい女性ですが、まだ婚約したわけではないでしょう？」

「勝手に決められる話でもない。いずれ時期を見て、という可能性は充分にある」

エレオノールは浅い呼吸を繰り返しながらうつむき、昔よりずっと余裕を失った父やぼんやりと横に立ち尽くす義母《はは》、そしてきょろきょろと周囲を見回す異母妹《いもうと》に意識を向けないようにした。

ジークハルトにうまく利用されるのはまったくかまわないが、早くこの場を離れたくてしかたがない。十年以上会っていない家族でも、彼らの存在を感じるだけで、エレオノールの胸の内のやわらかい場所がちくちく刺激される。

「失礼ながら、そちらの女性はどちらの家門の出でしょうか？　ベルグ帝国の貴族には何人も知り合いがおりますが、初めてお顔を拝見し――」

言いかけたラフィエット伯爵が、エレオノールの顔を見つめて怪訝な表情になる。

(瞳と髪の色ぐらいで私だってわかるはずない。だってこの人たちは七歳までの私しか知らないんだから……)

うっかり目を合わせたことに気づいてすぐに下を向くも、すでに遅かったようだ。

「……エレオノール？」

ぽつりと言ったのは、様子をうかがっていた伯爵夫人だった。

「あなたなの？」

震えた声で尋ねられた瞬間、エレオノールの頭が真っ白になる。

「……どなたかと、お間違いでは……」

それだけ言うのが精いっぱいで、咄嗟にジークハルトの袖を掴んだ。

「……ラス？」

「私……少し、気分が……。人の多さにあてられてしまったようです」

失礼します、と背を向けながら言い捨て、エレオノールはもつれそうになる足を動かし、逃げ出した。

広間を抜けたエレオノールは中庭へ逃げた。

五つの建物を外廊下で繋いだ中央に位置する庭には噴水があり、周囲を背の高い木々が囲んでいる。

昼間であれば花を楽しめただろうが、あいにく今は夜だ。

（嘘。わかるはずない。違う……）

動揺と混乱でうまく頭が回らないまま、噴水を囲う大理石の上に崩れ落ちる。

ひんやりとした冷たさは真っ白になったエレオノールの頭を少しだけ落ち着かせたが、激しい鼓動と浅い呼吸はしばらく治まりそうにない。

（どうして……）

いつか会うかもしれなかったが、その日は間違いなく今日ではなかったはずだ。

苦い過去を懐かしめるくらい年を重ね、割りきれるようになってからなら、再会してもかまわなかった。

勢いのまま飛び出したせいで咳《せ》き込んだエレオノールは、背後から聞こえた足音に向かって振り返る。

「ラス」

息を切らしたジークハルトが、エレオノールを見つけて安堵の息を吐く。

そしてすぐに自分も大理石の上に腰を下ろし、なにも言えずにいるエレオノールを抱き寄せた。

「人混みに酔っただけじゃないんだろう？　顔を見ればわかる。……事情は話さなくていいから、俺がいることを忘れるな」

ジークハルトはエレオノールを抱きしめ、落ち着かせるようにその背中を撫でる。

「まだ泣いていないな？　それならよかった」

「……申し訳ありません。パートナーを置いて飛び出すなんて……」

必死に喉奥から振り絞った言葉を聞くなり、ジークハルトが大きく首を横に振る。

「そうじゃない。……いいんだ、謝らなくて」

大きな手のひらがエレオノールの頬を優しく包み込んだ。

必然的に顔を上に向けたエレオノールの唇が震えながら開く。

「本当にごめんなさい。私……」

「泣くな」

エレオノールが目に涙をためているのを見て、ジークハルトが言う。

「お前の泣き顔は見たくない」

目の前が滲んだエレオノールにはよく見えていなかったが、ジークハルトもまたつらそうな表情をしていた。

「ぅあ、あ……」

なにか言おうとするも、こぼれ出たのは声にならない泣き声だった。

「泣くなと言ったのに……」

そう言ったジークハルトだったが、声にとがめる意図は感じない。

もう二度と見たくないと思っていたエレオノールの涙を前にしたその顔には、苦いものが浮かんでいる。

「ごめん、なさい……」

「わかった、俺が悪かった。好きなだけ泣け。全部受け止めてやる」

声の優しさにますます涙を誘われ、エレオノールは広い胸に顔を埋めて泣き続けた。

（いっそ私のことなんて忘れていてほしかった）

完全に他人だと思われていたなら、もう少し気持ちの整理もついただろう。

心の準備ができていないまま、しばらく扱っていなかった名を呼ばれたせいで、こんなにも心をかき乱された。

「ラス」

すっかり乱れたエレオノールの髪をよしよしと撫で、ジークハルトが呼びかける。

すがる先を与えようと差し出した手を握られ、ほっと肩の力を抜いた。

しかしエレオノールは握ったばかりの手をほどき、ジークハルトから離れようと胸を軽く手で押しのける。

「せっかく、素敵なお召し物だったのに」

エレオノールがしゃくりあげながら言った。

「そんなことを言っている場合か？　汚してもいいから逃げるな」

あきれたジークハルトは、エレオノールをとらえて腕の中に閉じ込めた。

「そういうわけには……いきません……」

「だったら命令だ。泣きやむまで俺のそばにいろ」

エレオノールはぎゅっと唇を噛んで深呼吸すると、こつんとジークハルトの胸に額を押しつけた。

「……なにも聞かないんですか？」

「聞いてほしいなら聞く」

顔を上げたエレオノールをジークハルトがまっすぐに見つめる。

「お前は俺にどうしてほしい？」

ひゅ、と細い息がエレオノールの喉から漏れた。

軽く咳き込んでから再び深呼吸を繰り返すと、ようやく頬を濡らす涙が止まる。

「名前……聞きました、よね」

「……エレオノール？」

話をしようと思ったのに、エレオノールは口をつぐんでしまった。

（さっき呼ばれた時と全然違う……）

ジークハルトの唇から紡がれる音はとても甘やかで、エレオノールを特別な気持ちにさせる。

本人にそのつもりがなくても、エレオノールからすれば初めて本当の名を呼ばれたのだから無理もない。

「それは私の……本当の名前です」

「ラス、ではないんだな」

「はい。……私の名は、エレオノール・レリア・ラフィエット」

そこまで言ったところで、ジークハルトが目を見開く。

エレオノールがこうなった原因であろう伯爵たちと、同じ姓だと気づいたのだ。

「先ほどお会いしたラフィエット伯爵家に生まれ、この瞳の色から家族とは認められず捨てられた娘です。ラスというのは、育て親のテレーがつけてくれた呼び名でした」

「……どうしてずっと教えてくれなかったんだ？」

微かに非難する響きはあったものの、そこには本名を隠されて寂しかったという思いが混ざっているように聞こえた。

しかしそれは、責められるよりもエレオノールの胸を締めつける。

「初めてお会いした時、身分の高い方だと思ったんです。だったらラフィエット家とも縁があるかもしれないと思って……。本当にごめんなさい」

罪悪感に満ちた謝罪に対して、しばらく返事はなかった。

エレオノールがなにも言えずにいると、長い沈黙の後にジークハルトが問う。

「だったら俺は、これからお前をなんと呼べばいい」

「エル、と。もう貴族ではない私に、エレオノールの名は立派すぎますから」

そう言った瞬間、ジークハルトが大きく目を見開いた。

「エル……？」

うなずきながら、エレオノールは胸の内の罪悪感が大きくなるのを感じた。

（やっと呼んでもらえた……）

喜んでいる場合ではないが、ついにという瞬間だった。

もうジークハルトにはすがるまいと思った矢先に、本当の名を明かし、呼ばれてうれしくなるなんてどうかしている。

だがそれがエレオノールの嘘偽りない今の気持ちだ。

（ずっと呼ばれたかった。……好き、だから）

いつの間にか芽生えていた想いがはっきりと形になったからこそ、与えられるぬくもりのひとつひとつが痛くてつらい。

（願ったところで、一緒に生きられる身分の人ではないのよ）

自分に言い聞かせ、エレオノールはジークハルトの腕からそっと身を引いた。

「お見苦しいところを見せてしまいました。少し、ひとりになりたいです」

「まだ話したいことがある。俺は――」

「お願いです。ひとりにしてください……」

すっかり熱が移った大理石の噴水から離れ、すがるような目で見つめてくるジークハルトの視線を受け流す。

「エル、頼む。もう少し」

「……ごめんなさい」

これ以上、ここにいたらまたジークハルトの腕に飛び込んでしまいそうだった。

今ならまだ、この恋心をなかったことにして元の生活に戻れる。

(帰ったら城を出よう。リュースとふたりきりで生きられるようにしないと、私……)

エレオノールはジークハルトを残し、庭の奥へと逃げていく。

(ひとりになる準備が本当に必要なのは、私のほうだった)

甘えん坊のリュースよりも、よほど自分のほうが今の生活に——ジークハルトに依存していると気づいたエレオノールの瞳には、また新しい涙が滲んでいた。

エレオノールとラス

生きる世界の違いを実感し、叶わぬ想いに気づいたエレオノールは、ジークハルトのもとを去ると決めた。

その日までなるべく距離を取って過ごさなければ絆《ほだ》されてしまうと心配していたのだが、幸か不幸か、そんな時間はやってこなかった。

パーティーの日から数日が経過したある日、リヨン王国とは正反対に位置する小国との国境付近が騒がしいと報告があったらしく、ジークハルトは竜騎士団を率いて状況を確認しなければならなくなったのだ。

「エル」

まともに話す時間も取れないまま迎えた出発日、ジークハルトは慌ただしくエレオノールのもとを訪れた。すでに装備を整えたジークハルトは、鎧に長槍、そして腰に佩《は》いた剣と物々しい姿をしている。

「これから向かうんですね」

「そうだ。その前に言っておきたいことがある」

エレオノールの視線がさまよったのもかまわず、ジークハルトはせわしなく言った。

「話さなければならないことがあるんだ。帰ったら必ず時間を取る。待っていてくれ」

「……今度はどうか無事に帰ってきてくださいね」

「ああ」

ほっとしたように微笑すると、ジークハルトは背を向けて颯爽とその場を去った。

後ろ姿を見送りながら、エレオノールは寂しそうに目を伏せる。

（どうか、ご無事で）

伝えた言葉と同じ願いを心の中で言い、両手をそっと合わせて祈る。

ジークハルトは、エレオノールが『待っている』と言わなかったことに気づかなかった。それほどの状況だからこそ、城を去るには今が絶好の機会だった。

「リュース」

「みゃう」

名前を呼ばれたリュースがエレオノールの足もとにやって来る。

「お別れを言わせてあげられなくてごめんね」

「あみゃあ」

エレオノールは子竜を持ち上げ、本当にそうしたかった相手を思い浮かべながらぎゅっと抱きしめた。

漏れ聞こえる会話から、少なくとも竜騎士団が戻ってくるまでは三日かかると判断したエレオノールは、すぐに行動に出た。

厨房へ向かい、以前よりは気安く話せるようになった料理長に声をかける。

「パンの残りがあったらいただきたいんです。最近、リュースが本当によく食べるようになって」

「そういうことなら持っていきな。ジャムサンドにしなくていいのかい？」

「ええ、大丈夫です。ありがとう」

急いでいると悟られないよう丁寧に礼を伝えると、厨房の奥へ通される。

余ったパンが積まれたそこには、何人かのメイドたちが雑用をこなしていた。

その中には以前、エレオノールを倉庫に閉じ込めたそばかすのメイドもいる。

「すみません、いただいていきますね」

エレオノールが声をかけると、メイドたちが一斉に振り返った。

ためらいや戸惑いの気配を感じるが、ミリアムがいた時のように敵意や嫌悪といったものは感じない。

使い古した布にパンをのせていると、横からそばかすのメイドに話しかけられる。

「どうするの、それ」

てっきりいないものとして扱われるのだと思っていたエレオノールの背筋に冷たいものが走った。

「リュースに……ドラゴンの子どもにあげるんです」

「ふうん、まだ面倒を見てたんだ」

「てっきりもう竜舎に預けたのかと思ってたわ」

「私もそう思ってた。違うのね」

ひとりが話しかけたからか、ほかのメイドたちも寄ってくる。

（この展開は予想してなかった）

うろたえるエレオノールだったが、メイドたちの次の行動はさらに予想外だった。

「ほかにも残りものがあったでしょう。持ってきてあげる」

「干し肉も残っていなかった？　ああいうの、ドラゴンなら喜ぶんじゃない？」

（……え？）

メイドたちがわらわらと集まり、簡易倉庫からああでもないこうでもないと食べ物を取り出しては、木のテーブルに並べていく。

立っているだけで出発のための食糧が揃っていく状況に困惑していると、そばかすのメイドが決まり悪そうに言った。

「前に閉じ込めたこと、本当に悪かったと思ってる。仕送りを減らすと言われてどうしようもなかったの」

「あの、どうして……」

「もう済んだことなので気にしないでください」

「ごめんね。……あなたのおかげで弟の怪我が治ったんだ。ありがとう」

首をかしげたエレオノールの手に、横からひょこりと現れたメイドが干した果物を握らせる。

「たくさん薬を作ってくれたでしょ。あれ、一部が私たちのほうにも流れてきたの。私もちょっともらっちゃった」

「ああ、ええと。はい」

あまり予算が潤沢ではないらしい竜騎士団のために、やれることをしようと思ったエレオノールはエルフ直伝の薬を大量に作った。

作りすぎだとジークハルトに止められた後、余分な薬がどこへ行ったのかは確認できていなかったが、この様子だとメイドたちのもとに渡っていたようだ。

「あの時はごめんなさい。メイド長の言うこと、信じちゃった」

「ほんとは手伝いたかったんだけど……。ほら、みんなの目があるから」

「あ、そうやって自分だけいい子ちゃんぶって」

きゃいきゃいはしゃぐメイドたちにはついていけず、エレオノールは苦笑いしながらせっせと食糧をかき集めた。

(役に立つ仕事をしていればみんなに受け入れてもらえるんだと思っていたけど、本当に必要なのはこうやって話すことだったのかもしれない)

辺境の村で卵の頃のリュースと生活していた時も、エレオノールは極力村人とかかわらないようにしながら生きてきた。

自分から踏み込もうとしない相手を、誰が仲間と呼ぶだろうか。

(私もここで働く人たちを知ろうとしなかった。薬が役に立ってたことだって今初めて知ったくらい。……もっと早くこうしておいたら、なにか変わったかな)

メイドたちの助けもあって、用意した布がいっぱいになるほど食糧が集まった。

想定より保存がきくものが多いのも幸いだった。これならば数日の旅にも充分耐えられる。

「こんなにたくさんありがとうございます。これならリュースも喜ぶと思います」

嘘をつくのはつらいが、もうエレオノールの心は決まっていた。

「またなにかあったら言ってよ。仲間外れにしちゃった分、手伝うから」

態度の変化を現金だと言う人もいるだろう。

しかしエレオノールは素直に喜んでいた。

(お願いする日は来ないけど、こう言ってくれたことは忘れない)

エレオノールは深々と頭を下げてからその場を逃げ出した。

もう少しだけここにいたいという気持ちが芽生えてしまう前に。

部屋に戻ったエレオノールは、簡単に荷物をまとめてリュースを呼んだ。

「みゃあ?」

「お出かけするの。だからいい子にしていてね」

「あみゃあ」

ここへ来てからは使っていなかった革鞄を取り出し、必要なものを詰め込む。

食べ物以外にも薬や布を入れてから、エレオノールはふと手を止めた。

「……さすがに持っていけないわね」

広げた手のひらの上できらりと輝いたのは、リヨンでのパーティーでジークハルトが選んでくれたペンダントだった。美しい翠玉は今見ても吸い込まれそうになる。

（あの日、人生で一番の『特別』を味わったわ）

広間でのダンスは、素晴らしいひと時だった。周囲の人々など気にならないほどジークハルトに夢中で、思い出すだけでも胸が熱くなる。

（テレーの言ったこと、今ならわかる）

ペンダントを名残り惜しげにテーブルに置き、懐かしい声を思い浮かべる。

『素敵なことをなにも知らないから、死んでしまいたいと思うんだよ。たくさん生きて、素敵なことをたくさん知って、それから本当に死にたいかどうか考えてごらん』

ルストレイクでの日々はあっという間だった。

長くも短い毎日は大変だったが、得られるものも多かったように思う。

（もう二度と死んでしまいたいなんて思わない）

エレオノールは鞄を肩にかけ、リュースを抱き上げる。

そして覚悟を決めた表情のまま、部屋を出ていった。


メイド長がいた時と違い、好きなように歩き回ることをとがめられなくなったため、城の人々はエレオノールが外へ出ようとしても特になにも言わなかった。

　リュースを抱いているおかげで世話の一環だと思われたのも大きい。

　そういうわけで無事に城の敷地を出て街に降り立ったエレオノールは、その足でまっすぐ宿屋に向かった。

　遠方から多くの人が集まる宿屋の前には、よく馬車が止まっていて、いくらか金銭を握らせるなど、交換条件を提示すると乗せていってもらえることがあった。目的地に直接向かわないにしても、道中の時間を大幅に短縮できるのである。

「あのう、すみません。よろしければご一緒させてください」

　商人と思わしき初老の夫婦に声をかけると、ふたりは快くエレオノールの申し出を受け入れてくれた。

「その子はもしかしてドラゴンかい？」

「ええ、まだ子どもですが。きちんとしつけているので、ご迷惑はおかけしません」

　リュースはエレオノールに抱っこされ、機嫌よさそうに尻尾を振っている。

「ドラゴンの子どもなんて初めて見た。成体はね、竜騎士団のドラゴンがいるから見られるけど。あとは鱗や爪だけだね」

「鱗や爪？　もしかして売れる品なのでしょうか」

「そりゃあドラゴンの素材だもの。薬の材料や武器防具に使われるんだよ。お嬢さんさえよかったら、お金じゃなくてその子の一部と引き換えに馬車を使うのでもいい。はがれた鱗や、欠けた爪があったらぜひ」

「それでしたら……」

エレオノールは鞄の中から麻の小袋を取り出した。

そこに入っているのは、今日までなんとなく捨てずにおいたリュースの鱗や爪、角の欠片《かけら》である。

「子どもだからか、よく鱗が生え変わっていたんです。大人のドラゴンに比べたらやわらかいものなので、武器や防具には適していないかもしれませんが……」

「それをどうにかして売るのが、商人の腕の見せどころだよ。それに子どものドラゴンの鱗なんて、逆に珍しくて価値がつきそうだ。ありがとう、いい取引ができたよ」

こうしてエレオノールは馬車に乗せてもらい、さらに気をよくした商人の主人から軽食まで振る舞ってもらった。

街道を進む馬車の中は荷物がたくさん詰め込まれていて快適とは言いがたい。

それでも夫婦が広い御者台に並んで座っているおかげで、エレオノールとリュースだけの空間になっており、変に気を使う必要がなかった。

護衛を雇っていないため、ほかに人がいないのもいい。

主人は腕に覚えがあるのか、それとも魔物が出るような危険地帯を通る予定がないのか、どちらにせよ、ありがたい話だった。

エレオノールはのんびりと揺られながら、先ほど振る舞われた鶏肉を挟んだパンをリュースと分け合う。

ジャムパンを好むリュースだが、鶏肉は気に入ったようでそればかりを要求した。

(どこへ行こう。ベルグ帝国からは出ようと思うけれど)

もともとエレオノールがルストレイクにやって来たのはリュースがいるからだった。

ジークハルトの言葉を振り返るなら、ドラゴンは竜騎士団で管理しなければならない。貴重なドラゴンの子どもを連れて逃げたと知られたら、犯罪者として指名手配される可能性がある。

(そうなったら二度とこの国には入れない。だとしたら……)

物思いにふけるエレオノールの手をリュースが甘噛みする。

もっと鶏肉を欲しがっているようだが、あいにくもうお腹の中だ。

「しばらくは我慢よ。……ごめんね、私のわがままに付き合わせて」

「んみゃ」

リュースは不満げに首を振ると、エレオノールの膝の上に乗って丸くなった。

これからのことを考えてエレオノールも目を閉じると、御者台のほうから話し声が聞こえてくる。

「そういえば、リヨン王国の貴族からジークハルト殿下に求婚があったそうだよ」

眠ろうとしたエレオノールがぴくりと反応する。

(求婚……?)

なるべく身体を休ませるつもりが、これでは気になって眠れない。

耳をそばだてていると、御者台に座った商人夫婦の話し声がまた続いた。

「へええ、今まで浮ついた話ひとつない殿下にねえ。まあ、今も独り身なんて遅いくらいではあるんでしょうけど。お相手のご令嬢はおいくつなの?」

「さあて。でもかなりお若いんじゃなかったかな?」

「まあ、それでお務めを果たせるのかしら」

貴族同士の婚姻ならば珍しくないとはいえ、微かに非難の音が交ざる。

「どうも断ったらしいと聞いたよ。それも当然だろうね。事業に失敗して、貴族とは思えない生活をしているそうだから」

ちりっと胸が痛むのを感じ、エレオノールはリュースを抱え直す。

すでに夢の中にいたリュースは、突然ぎゅっとされて寝ぼけた声をあげた。

「相変わらず情報収集がうまいわね。よその国の貴族の事情なんて、普通だったら耳に入ってこないじゃないの」

「このくらいやれなきゃ、商人として生きられないさ」

「あはは、間違いない」

エレオノールは身じろぎしようとして、積まれた荷物のひとつに頭をぶつけた。

「それにしても、そんな状態で殿下に求婚だなんて。どうかしてるわ」

「まったくだ。第一、求婚は殿下側からするもんじゃないのかね。娘を推薦することはあっても、いきなり求婚まで過程を飛ばすのはおかしいだろう」

確かにとエレオノールは心の中で同意する。

以前から親交があり、婚約者のような間柄だとしたらまだしも、そうでないなら無礼を通り越して異常だと思われかねない。

(いったいどこの貴族が……?)

そう思ったエレオノールの耳に、あまり聞きたくない単語が飛び込む。

「なんていう家門だったかな。ラファ……ラファイエット……ラフィリット……」

「肝心なところを忘れてるんじゃどうしようもないわね。まあでも、そんな名前の貴族には気をつけましょう。礼儀を知らないようだし」

もう眠っている場合ではなかった。エレオノールは鼓動が速くなるのを感じながら、ひと言も聞き逃すまいと背筋を伸ばす。

（いつの話なんだろう。パーティーでの会話がここまで広まるとは思えないし、私の知らないところで改めてそういう話があったということ……？）

「礼儀知らずなだけじゃないよ。その家には呪いがかかってるらしい」

「ま！」

「どうやら昔、もうひとり娘さんがいたようなんだよ。ただね、病気で亡くなったのに特に葬儀をするわけでもなく、墓を用意してやるわけでもなかったんだとか」

まるで氷水を浴びせられたかのようにエレオノールの心が冷える。

「だから没落寸前なのはその娘さんの呪いなんじゃないかって。今回の件で殿下もご立腹のようだし、こりゃあ取り潰しも時間の問題だろうね」

「あの」

思わずエレオノールは御者台に向かって声をかけていた。小さな部屋のようになった馬車の中には前方を映し出す窓があり、そこから商人の後ろ姿が見える。

あまり大きな窓ではないが、振り返った商人がエレオノールの固い表情を確認するには充分な大きさだった。

「おや、どうかしたのかい」

「今のお話は、いつ頃のものですか？　殿下にリヨンの伯爵家から結婚の申し出があったって……」

言ってから、エレオノールは「耳に入ってしまって」と謝罪を付け加える。

商人の男は馬を器用に扱いながら質問に答えた。

「さてねえ、でも最近の話だよ。ここ数日じゃないかな？　商人たちの間でかなり話題になっていたから」

（リヨンから戻ってきた後の話？　でもそんなこと、聞いてない……）

ジークハルトはエレオノールがラフィエット家の長女だと知っている。

それならば情報を共有されそうなものだが、どうやらそうではなかったようだ。

「やっぱり若い娘さんには気になる話かね」

エレオノールが黙ってしまったのをどう受け止めたのか、商人が笑って言う。

「殿下がご結婚なさったとなったら、きっと大賑わいだろうからねえ。ルストレイクでもお祭りをやるに違いない。あんたも美人さんだから、そこで出会いがあるかもしれないよ」

「……ええ、そうですね」

そう答え、エレオノールは馬車の中で膝を抱えた。

商人夫婦が違う話に花を咲かせているのを聞きながら、苦い気持ちを吐き出す。

(教えてもらって当然って考えがそもそも間違ってる。……わかってたじゃない。ジークハルトさんと私は、生きている世界が違うって)

今まで親しくしてきたと思っていたから、当たり前のようになんでも話してくれるのだと勘違いしていた。

実際は明確に一線が引かれた関係なのだと、改めて突きつけられる。

(やっぱりあそこを離れてよかった)

住む世界が違う時点で、エレオノールの想いは成就しない。皇族にしては遅いが、いずれジークハルトはふさわしい身分の女性と結婚するだろう。

そうなった時、心から祝福できそうになかった。

馬車に揺られて二日が経ち、ようやくエレオノールは目的の場所に到着した。

野宿の際も食事を分けてくれ、親切にしてくれた夫婦には、リュースの生え変わった鱗や爪、欠けた角を小袋ごと渡して別れを告げた。

「みゃあ」

久々に外を歩いてご機嫌なリュースが、青々とした草の上を行く。

「最後に見た時は花がたくさん咲いていたのにね」

髪が風に煽られないよう手で押さえ、エレオノールもリュースの後に続いた。

ここは、エレオノールが初めてジークハルトと出会った場所だ。

もうベルグ帝国に足を踏み入れられないかもしれないと考えた時、ここにだけはもう一度訪れたいと思って来てしまったのだった。

「みゃあっ、みゃあー」

「あなたも覚えているの？　何度も卵の時に連れてきてあげたのよ」

「あみゃあ」

今は草が生い茂るばかりで花のない場所に、リュースがごろんとお腹を見せてひっくり返る。

「そうそう、そうやってお花の中に置いたの」

「みゅう」

リュースが手足をばたつかせると、草の香りが漂う。

ここでリュースが遊ぶ姿を見るのも、今日が最初で最後になるのだろう。

エレオノールも懐かしい光景を目に焼きつけるべくその場に腰を下ろした。

（最初は素敵な人だと思った）

魔物に襲われたエレオノールを颯爽と助けてくれたのがジークハルトだ。

初めての胸の高鳴りがどんなものだったか、不思議と今は思い出せない。

（リュースの件では悪い人だと思ったのよね）

出会いが特別だったからこそ、強引にリュースを奪おうとした姿への拒否感が強かった。落胆したというほうが正しいかもしれない。

だからこそ子竜を守るべく城での生活に馴染もうとしたのに、そこからは問題続きでうまくやれたといえる記憶はまったくなかった。

（普通に話せるようになったのは、助けられてから？）

気がつけば、エレオノールはジークハルトに心を許していた。

それが特別な感情だと知ったのは、最近の話である。

「みゃ」

リュースが小さく鳴いてエレオノールの膝に顎をのせた。

その頭を撫でてやりながら、誰に聞かせるでもなくつぶやく。

「……こんな気持ちを知るくらいなら、最初から出会いたくなかったな」

そう言いながらも、エレオノールは微笑していた。

(でも、知れてよかった。テレーの言葉の意味を理解できたから)

ただ生きていただけの頃と違い、半年にも満たない日々はエレオノールに多くを与えてくれた。素敵なものでいっぱいになった分、今は胸にぽっかりと穴があいたような気がしている。

「……みゃあ」

顔を上げたリュースがまた鳴いた。

エレオノールの身体をよじ登り、ぺろりと頬を舐めて鼻をこすりつける。

「なあに?」

「みゅう、みゃ、みゃあ」

「……ああ」

必死な鳴き声を受けて自身の顔に触れると、舐められていない場所が濡れている。

エレオノールは濡れた指先を見つめ、目を細めた。

「私、泣いてばかりね……」

長い睫毛《まつげ》から伝った涙がほろりと落ちる。

そのしずくがリュースの鼻先に落ちた時だった。

「エル!」

そんな叫び声が聞こえたかと思うと、エレオノールの周囲に影が差した。その場の草を根こそぎ吹き飛ばす勢いで風が吹きつけ、ごおっと激しい音を響かせる。

思わずリュースを抱きかかえて目を閉じたエレオノールだったが、次の瞬間、勢いよく抱きしめられた。

「待っていろと言っただろう！」

とがめる声はジークハルトのものだ。

信じられない思いで顔を上げたエレオノールを、紫の瞳がとらえる。

「どうしてこんな場所にいるんだ。また魔物に襲われたらどうする？」

「どうして、はこちらの台詞《せりふ》です。どうしてあなたがここに……」

「お前を追ってきたからに決まっている」

そう言ったジークハルトの背後にシュルーシュカが降り立った。

エレオノールの腕から抜け出したリュースが、甘えた声をあげて黒いドラゴンに駆け寄る。

しかしエレオノールには追いかける余裕がなかった。

もう逃がすまいとジークハルトがきつく抱きしめているせいだ。

「だって私が城を出たのは二日前なんですよ。なのに、どうやって」

「シュルーシュカの速さを舐めるな」

それが聞こえていたのか、ここまでジークハルトを運んだシュルーシュカがふんと鼻を鳴らす。

「今度はお前が答える番だ。なぜ待っていろと言ったのに城を離れた？」

「もうあそこにはいられないからです。リュースを竜騎士のドラゴンにするわけにはいきません。私があなたから逃げるつもりだったことを忘れ――」

「お前には俺が必要だと思っていたが、違うのか？」

本当の理由を隠してつらつら言い訳しようとしたエレオノールの声が途切れた。

ドラゴンにも劣らない傲慢な言い分だが、ジークハルトの言葉は正しい。

「違います。私はあなたがいなくても生きられるんです。今までそうだったように」

（違わないわ。だって今、また会えてこんなにうれしい……）

エレオノールはしっかりと自分を捕らえる腕から逃れようとした。

広い胸に手のひらを当ててぐっと押すも、ジークハルトの腕は緩まない。

「俺は」

言いかけたジークハルトが、すがるようにエレオノールの肩口に顔を埋める。

「俺はお前がいないと、生きられない」

「な、に……」

「俺のために、俺のそばにいろ。……頼む」

緑の瞳が動揺に揺れた。

ジークハルトは顔を上げ、まっすぐにエレオノールを見つめる。

「だって……あなたには大切な人が」

「お前だ」

「……え？」

「あの日、俺を助けてくれた少女は『エル』と名乗っていた。あれはお前だったんだ」

「そんな、まさか。だって私……」

記憶にないと言いかけたエレオノールの前に、ジークハルトが古い布を差し出す。

戸惑いながら受け取ると、どうやらハンカチのようだった。

裏返した瞬間、そこにあった拙い刺繍を見て息が止まる。

「どうして……」

それはかつて、エレオノールが絵本を見て父親のために用意したものだった。

必要ないと言われ、ご褒美どころかお仕置きを受けた原因になったものを、なぜ
ジークハルトが持っているのか。

「あの日、毒を盛られて苦しむ俺をお前が癒やしてくれた。生きてほしいと、泣きそうな顔で願って。その時にこれをくれたんだ。覚えていないか？」

「嘘、だって……そんな……」

エレオノールはリヨンでのパーティーで、ああいった華やかな場に出た経験があると感じていた。つらいことばかり刻まれてしまった過去の記憶のせいで、それ以外の思い出が薄れている可能性は充分にある。

なにより、ジークハルトは間違いなくエレオノールが刺繍したハンカチを持っているのだ。

「私……あなたのこと、なにも覚えていません……」

「俺が覚えている」

言いきったジークハルトはエレオノールを腕の中から解放すると、そのまま草の上に片膝をついた。

エレオノールの左手を握ったまま顔を上げ、口を開く。

「あの日、俺を救ってくれてありがとう」

「………」

「お前に会えたから生きる理由ができた。お前が俺を生かしてくれたんだ」

「私、そんな――」

「あの日からずっと、好きだった」

信じられない思いで見つめ返したエレオノールに、ジークハルトが笑みを向ける。

「俺を助けてくれた少女だと知らなくてもまた恋をした。きっと俺は、これから何度もお前を好きになるだろう。いつか今日の記憶を忘れる日が来たとしても、永遠に」

「本当に……？」

右手で自分の口もとを押さえたエレオノールが震える声で言った。

「だって、だめだと思ったんです。あなたを好きになっても住む世界が違うから……」

「住む世界が違ったら、こうして触れられないだろう」

ジークハルトは立ち上がると、今度は先ほどよりずっと優しくエレオノールを抱きしめた。そして薔薇色に染まったやわらかな頬に片手を添え、上を向くように導く。

「大事な話だから、きちんと準備をして言うつもりだった。だから待っていろと言ったのに、逃げる奴があるか」

「こんな話をされるなんて思わなかったんです」

言いながら目を逸らそうとしたエレオノールだったが、その前にジークハルトの顔が近づく。

「……あの」

「この状況でまだ言いたいことがあるのか」

ジークハルトが文句を言いたくなるのも当然だった。

あとほんの少し距離を縮めれば、ふたりの関係はこれまでと違うものになる。

「あります。だって――」

「後にしろ」

心の準備をさせないまま、ジークハルトは最後の一歩を踏み出した。

ふたりの唇がそっと重なり、充分に余韻を残して離れていく。

「もう逃げるな」

「そう言われても、私……」

「お前は俺から逃げられない。理解するまでキスを続けようか？」

「それ以上はだめです……！」

真っ赤になったエレオノールがジークハルトを止めようと肩口を掴む。

しかし細腕はやすやすととらえられ、広い背中に誘導されてしまった。

自分からも抱きしめている形になったエレオノールの顔がますます赤く色づく。

「俺が好きだろう？」

唇が触れ合う距離でささやいたジークハルトが笑う。

「好き……です、けど……」

「けど？」

「どうしてそんなに楽しそうなんですか……っ」

「惚《ほ》れた女が同じ気持ちを抱いていると知って喜ばない男がいるか」

ジークハルトが『エル』に片思いしたのは十三年前。

自分でも疎んでいた瞳を『きれい』と言い、『生きてほしい』と純粋に願う気持ちが、毒に侵されたジークハルトの身体だけでなく、心まで救った。

そしてたったひと言礼を伝えたいという想いが、いつしかそれ以上の特別なものに変わり、亡くなったと聞かされても独り身を貫くほどの想いになったのだ。

それが、ようやく成就したのだ。喜ぶなというほうが難しいに決まっている。

だからジークハルトはエレオノールへのキスをやめなかった。

慣れない感触を恥ずかしがって逃げようとするたび、しっかりと抱きしめてまた口づけをする。

エレオノールがすっかり腰砕けになっていると、ふたりの頭の中に声が響いた。

《私がいること、忘れてないでしょうね？》

視線が同時に向いた先は、その巨躯からは考えられないほど気配を殺していたシュルーシュカだ。

漆黒のドラゴンは長い尾の先でリュースの相手をしながら、あきれたように喉を鳴らす。

《子どもに見せるには刺激が強すぎるわよ。続きは巣でやりなさい》

妙な気の使い方を見せたシュルーシュカのせいで、人間ふたりの浮ついた気持ちが一気に落ち着いた。

ふたりがぱっと離れ、お互いの顔を直視できず不自然に目を逸らす姿を、シュルーシュカは目を細めて見守る。

「……悪い。盛り上がりすぎた」

「いえ、あの、私も……」

抱きしめられている間は恥ずかしくて、すぐに離してほしいとすら思ったのに、今はまたジークハルトのぬくもりを感じたくなっている。

自分がそう考えていることにも恥ずかしさを覚え、エレオノールは耳まで赤くしながらうつむいた。

「……エル」

一向に顔を上げようとしないエレオノールに向かって、ジークハルトが呼びかける。

今までにない甘い声は、エレオノールの体温をますます引き上げた。

「俺はこれから一生、お前の味方でいるつもりだ。だが、同じ思いを強要するつもりはない。自分の敵の多さはよくわかっている」

「私も、あなたの居場所になりたいです」

目を見て伝えるべきだと思い、エレオノールは顔を上げて言った。

「ジークハルトさんが味方でいてくれるなら、私もそうします。誰が敵だろうと、私だけはあなたの敵になりません」

「……ジークでいいと言っただろう？」

答えるまでに間があったのは、かつて生きてほしいと伝えた時と同じく、まっすぐな言葉がジークハルトの胸を突いたからだ。

「ありがとう、エル。お前は俺にとって大切なものばかり与えてくれるな」

「あなただってそうです。『素敵なこと』を教えてくれました」

もしもまだテレーが生きていたら、真っ先に今日の話をする。

ジークハルトによる告白は、エレオノールにとってそのくらい素敵な出来事だった。

「今の時点でそう思っているなら、これからが楽しみだな」

再び甘い空気を漂わせて見つめ合うふたりの距離が縮まる。

そこにまた、シュルーシュカのひと声が響いた。

《それ以上近づいたらどうなるか知らないわよ》

「嫉妬か？　お前だってつがいを見つければいいだろう。俺に当たるな」

《嫉妬！　私がそんなくだらないことをすると思っているの？　それはあなたたち人間のような欠けた生き物が私たちに抱く感情よ》

どうやら心底憤慨したようで、シュルーシュカの赤い瞳が物騒な光を帯びる。

ジークハルトは苦笑し、エレオノールの手を引いてシュルーシュカの背に導いた。

《私の上で愚かな真似をしたら落としてやる》

「大丈夫です、シュルーシュカさん。私がさせません。……恥ずかしいですから」

《あなたこそ安心していいわよ。落とすのはジークだけだもの》

「おい」

エレオノールがリュースを抱え、ジークハルトがエレオノールを抱えた体勢になる。

恋人となった人のぬくもりを背に感じ、エレオノールはまた頬を赤らめた。

「みゃあっ！」

「この子、なんだか喜んでいるみたいです」

「素直に主人を祝福するあたり、シュルーシュカよりもできたドラゴンだな」

《言っておくけれど、私だからこの程度で許してあげているのよ！　寝る間も惜しんで長距離を移動した後に全速力で飛ばされたうえ、いつまでも目の前で浮かれられたら苛立ちもするわ！》

　それを聞いたエレオノールは申し訳ない気持ちになった。

「今日はたくさん寝てくださいね」

《もちろん。明日はきっと素敵なご褒美があるはずだわ。そうでしょう、ジーク？》

巨体を感じさせない優雅な動きで、シュルーシュカが舞い上がる。

見る見るうちに地面が遠ざかり、代わりに空が近づいた。

「もう宝石はやらないぞ。お前のせいで俺の懐がどんどん寂しくなる」

《エルの瞳と同じ色の宝石がいいわ》

「見つけた時は先にエルに贈る」

竜騎士とドラゴンの軽妙なやり取りを間近で聞いていたエレオノールがくすくす笑った。

それがうれしかったのか、リュースも機嫌よく喉を鳴らしている。

「なにを笑っているんだ？」

「ふたりがおもしろくて。仲が良くてうらやましいです」

《つがいのほうがもっと仲良くなれるじゃない。いつ子どもを見せてくれるの？　今のうちにお祝いを考えてあげる》

ジークハルトの腕の中で露骨にエレオノールの身体がこわばった。

薔薇色の髪から覗く耳がまた赤く染まっている。

「そういうのは、あの……結婚してからの話ですし、私ひとりの話でもないので……」

「だったらすぐに結婚の準備をしなければな」

「そういう意味で言ったわけでは……！」

「もっと『素敵なこと』を知りたいんだろう？　教えてやる」

空の上で身動きを取りづらいのをいいことに、ジークハルトは抱きしめた恋人の耳に口づけを落とした。

どんなにくすぐったくても逃げられないエレオノールが、縮こまって甘い感触を避けようとする。

「落ちたらどうするんですか？」

「竜騎士がドラゴンの背から落ちると思うか？」

《お望みならいつでも落とすわよ》

「お前は黙っていろ」

「みゃあ！」

賑やかな空の旅の終わりはそう遠くない。

エレオノールが二日かけた道程をあっという間に飛んだシュルーシュカには、もうルストレイクの堅牢な城が見えていた。

最初から逃げられなかった

ルストレイクに戻ってきてから、エレオノールはこれまでと同じ毎日を過ごすようになった。

メイド以外の使用人とも少しずつ接点を増やしたおかげで、最初はぎこちなく話をしていたのが、今ではすっかり普通に話せている。

ジークハルトの手伝いは引き続き行っていた。

エレオノールが補佐として優秀だという以上に、ようやく叶った初恋に浮かれたジークハルトが目の届くところに置きたがったからだ。

今までいっさい色めいた噂のなかった城主が、二日間失踪していたエレオノールを連れ帰っただけでなく、明らかに甘い眼差しを向けて接するようになったとなれば、なにがあったのかだいたい察しはつく。

使用人や騎士たちははっきりと口にこそしなかったが、ジークハルトの変化を素直に喜び、おもしろがった。

エレオノールがそのくすぐったい空気と好奇の視線に慣れ始めたそんなある日。

夜も更けたというのにジークハルトが部屋を訪れた。

「みゃあっ！」

「お前はエルよりも俺を喜んでくれるな」

いつものようにジークハルトは飛びついたリュースを抱き上げ、その頭を撫でてやった。エレオノールはすでに寝支度を整えており、ゆったりとしたローブに上着を羽織ってジークハルトのもとへ向かう。

「こんな時間にどうかなさったんですか？」

「今日はお前の顔を見ていなかったからな」

そう言ってジークハルトは片手でエレオノールを引き寄せると、その両頬にキスを贈った。

「先日の国境での問題がなければ、もう少しふたりで過ごす時間を増やせるんだが」

「国を守る大切なお仕事ですからしかたがありません」

「そう聞き分けがいいと、俺ばかりわがままを言っている気になる」

ジークハルトはリュースを抱いたまま、エレオノールを連れてソファに腰を下ろした。緩んでいた顔が厳しく引き締まるのを見て、隣に座ったエレオノールも背筋を伸ばす。

「私の顔を見に来るだけが理由ではないでしょう？　なにがあったんですか？」

「……近日中にイーヒェルへ行く用事ができた」

イーヒェルはベルグ帝国の首都であり、ジークハルト以外の皇族がいる場所だ。

「直接報告しなければならないものがたまっていましたもんね」

エレオノールが補佐を務めている時に見聞きした内容を思い出しながら言うと、ジークハルトは難しい顔をしてうなずいた。

「何度も行きたい場所でもない。この機会にお前の紹介をしたいが、かまわないか？」

「かまいませんが、皇族だと恋人まで紹介しなければならないものなんですか……？」

短い付き合いで終わることもなくはないだろうに、交際関係まで報告する義務もあるのかと驚いたエレオノールだったが、返ってきたのはあきれた顔だった。

「自分をただの恋人だと思っていたのか？　俺はお前以外を妻と呼ばないつもりでいるのに？」

「えっ、じゃあ……」

「婚約者なら紹介して当然だろう」

エレオノールの頬がふわっと色づいた。

おとなしくしていたリュースがその反応に気づいたようで、ジークハルトの膝からエレオノールの膝へ移動する。そして大胆に腹を見せてごろんと転がった。

「これまで俺は、皇妃に何度も命を狙われてきた。兄が即位するに当たって邪魔な存在だからだ。もしかしたら今後、お前にもその矛先が向くかもしれない」

「はい」

「……それでも、お前を婚約者と呼んでいいか？」

すでに決まったことのように話しながら、最後の確認はきちんと行う。

エレオノールはジークハルトのこういった誠実さが好きだった。

「あなたの敵は私の敵です。向かってくるというなら、立ち向かってみせましょう」

「頼もしい限りだが、少々強気が過ぎないか」

「攻撃魔法の知見はありませんが、防御魔法ならば多少の心得があります」

「……そういえばお前は、リュースを連れていこうとした俺にも果敢に立ち向かったんだったな。忘れていた」

笑って言ってから、ジークハルトはエレオノールの肩を抱き寄せた。

「自分を守る力があるのはいい。だが、俺にも守らせてくれ」

「私もジークを守りたいです。回復だって得意ですよ」

「それは素直にお願いしておこう。お前の代わりにいくらでも傷つくから、後方支援は任せた」

「その言い方、竜騎士団の団長さんって感じがしますね」

エレオノールもつられて笑い、ジークハルトに顔を寄せる。

そして自分よりも大きな手に触れ、そこに残った古い傷を指でなぞった。

「傷つかないでください。私のためにも、自分のためにも。死にそうなあなたを治療するのはもう充分です」

「それを言われると痛い」

しばらくエレオノールのしたいようにさせていたジークハルトだったが、むずがゆい感触に耐えられず、細い指に自身の指を絡めて動きを押さえ込んだ。

「……お前が病で亡くなったと聞いて、生きる意味を失ったような気がしていた。だからシュルーシュカにも『独りにしない』と言ったのだと思う。あいつとの約束で無理やり自分をこの世に繋ぎ留めていたんだろう」

もちろん自分のためだけにその言葉をかけたわけではないと、エレオノールにはわかっていた。ジークハルトは、先代の竜騎士を失って孤独に泣くドラゴンを放っておけなかったのだ。そんな優しさを見抜いたから、自尊心の塊のようなシュルーシュカもジークハルトの騎乗を許したのだろう。

「だが今は違う。お前とともに生きて死にたい。心からそう思っている」

「……自分を大切にしてくださいね」

エレオノールにはそう言うのが精いっぱいだった。

ジークハルトはうなずくと、エレオノールにもたれかかってゆっくり息を吐く。

「皇城に行くならまた新しいドレスを用意しないとな……」

「以前のものではいけませんか？　リヨンで着たものです」

「一度見たドレスではつまらないだろう。俺の目を楽しませてくれ」

いつの間にかリュースはすっかり眠っている。

恋人から婚約者へと緩やかに関係を変えたふたりは、寝る間も惜しんでお喋りに勤しんだ。

予定が決まったら準備をするだけである。

数日後、エレオノールはイーヒエルに向かう支度を整えていた。

ジークハルトがシュルーシュカに騎乗するため、今回はリュースの世話を任せられず同行することになる。

同族としてドラゴンの好奇心をよく理解しているシュルーシュカは、初めての場所に興奮するリュースに共感を示した。そして、知識を深められる絶好の機会を取り上げるなんてとんでもないと、子竜の同行を積極的に推したのだ。

「あみゃあ、みゃっ」

「リュース、いい子だからじっとしていて」

ルストレイクの城を飛び立った一行は、あっという間にイーヒェルに到着した。

それからというもの、リュースは興奮した様子でずっと騒いでいた。

城の客間に案内されるまでのわずかな時間でさえ、目を離すとすぐどこかへ行こうとする。大きさは以前から変わっていなくても、小麦の大袋程度には重くなった。そのため、ずっと抱えていられなくなったエレオノールは子竜の気まぐれと好奇心にひどく振り回された。

「ドラゴンらしいといえばらしいな。好奇心の塊のような生き物だから」

「そうなんですか？　いくらなんでも――こら、やめなさい！」

城の客間で待たされている間、ふたりはリュースの世話に勤しんだ。

「シュルーシュカの言うことももっともだが、竜舎に預けてくればよかったな」

「そうしたらもう少し落ち着いて謁見できたでしょうね……」

問題児扱いされているリュースは、まったく気にしていない。

「でもリュースのことも報告する予定でしたし、ちょうどよかったのかもしれません。この子を見せたほうが話も早いでしょうしね」

「それはそうだな。問題は話が終わるまでおとなしくしていられるかという点だが」

「うみゅう」

リュースはいかにも高級な絨毯の上にちょこんと座り、そこに描かれた模様を目で追って遊んでいる。しかしおとなしくしていると思って目を離せば、テーブルや棚の脚をかじったり、革のソファに爪を立てて引き裂いたり、カーテンを引っ張ったり、めちゃくちゃにするだろう。

(片時も目を離せないなんて、生まれたばかりの頃のほうがまだ聞き分けがよかった)

ふたりがしばらく待っていると、扉を叩く音がした。

現れた男は皇帝夫妻の謁見準備が整ったと伝え、未知の人間に興味津々なリュースにぎょっとした視線を向けてから、謁見室への案内を申し出た。

廊下に出てその後ろ姿を追いかけながら、ふとエレオノールは苦い気持ちを覚えた。

(第二皇子なのに、こういう扱いをされるのね)

仮にも家族ならばもう少し融通をきかせていいものを、ジークハルトは文句も言わずに必要な手続きを踏んで謁見に及んでいる。

（何度も殺されかけたと言っていた。私たちの婚約は許されるんだろうか）

心配していたエレオノールだったが、意外にも皇妃はジークハルトの結婚に好意的だった。

「いずれ第二皇子としてふさわしい相手を見繕おうと思っていたけれど、自分で見つけてくるなんてさすがですわね」

皇妃の艶やかな金髪は華やかで、量もたっぷりと豊かだ。

これからパーティーに参加するのかと思われるほど見事に編まれた髪には、きらびやかな金剛石《ダイヤモンド》の髪飾りが輝いている。

瞳はリュースの大好きなベリーのジャムに似たとろりとした薄桃色で、目尻が少し吊り上がっていた。

「では、彼女との婚約を認めていただけますか」

ジークハルトのよそよそしい声を寂しい気持ちで聞きながら、エレオノールはすました顔でリュースをあやす。

「認めないはずがないでしょう？　身寄りのない村娘を見初《みそ》めるなんて、これこそ真実の愛だと思いませんこと？」

即答した皇妃と違い、皇帝は迷いを見せる。

「わざわざその娘を選ぶ必要があるのか？　愛妾《あいしょう》とするだけでは足りないと？」

「私には愛妾を養うほどの甲斐性がございませんので。たとえあったとしても、戦場に散るその瞬間までただひとりを愛し抜く所存です」

ジークハルトの生母は側妃とはされていたものの、実質は愛妾と変わらない。

彼女の生涯が決して幸せと呼べるようなものではなかったことを、息子のジークハルトはよく知っている。

「しかし——」

皇帝が言いかけた時、扉を叩く音がした。

「父上、ハインリヒが参りました」

「入れ」

促され、室内に入ってきたのは青みがかった髪に黒い瞳の男だった。

（この方がジークの……）

父親は同じはずだが、似ているところは見受けられない。

少し吊り上がった目尻は、皇妃とそっくりだった。

「遅くなって申し訳ございません」

「よい、気にするな」

ハインリヒは当然のように、両親の横に並んで座った。

皇妃は隣に座った息子に目を向け、エレオノールを指し示す。

「ジークハルトがこのかわいらしい女性と結婚したいそうよ。爵位もない村娘だけど、真実の愛を見つけたのだと思わない？」

ハインリヒの黒い瞳にとらえられたエレオノールは、気まずい思いで黙って頭を下げた。

「これはこれは……。こんなに美しい女性を見初めるなんて、さすがだな」

「……いえ」

これまでと同様、ジークハルトの口調はよそよそしい。

「美しくともなんの後ろ盾もない者だ。それを妻とするのは……」

苦々しく言った皇帝だが、ハインリヒは首を横に振る。

「母上が言ったのではありませんか。後ろ盾がなくとも貫くのが真実の愛でしょう」

「万が一があればどうする。後ろ盾を必要とする時が来たら？」

「ご安心を。この国にはもうひとり皇子がいることをお忘れですか？　ジークハルトになにかあれば、私が手を貸しますよ」

エレオノールはひどく奇妙な思いで皇妃とハインリヒを見た。

ふたりはジークハルトの命を狙い続けていたはずだ。

それなのになぜこうも、彼の結婚に好意的な反応を見せるのか。

エレオノールの内なる疑問を知ってか知らずか、ハインリヒは自分の胸に手を当てて話し始める。

「ただひとりの弟だというのに、これまでまともな関係を築けずにいました。兄として私が未熟だったためです。だからこそ、今回の話を機に改めて兄弟としてやっていけたらと思うのです」

ジークハルトは口を挟まず、黙って聞いている。

ハインリヒの言葉になにを思っているのか、その表情からはうかがい知れない。

「お祝いが遅くなってすまない、ジークハルト。素晴らしい女性を見いだしたこと、心からおめでとう」

「……ありがとうございます」

「あなたも、ジークハルトに出会ってくれてありがとう」

置物と化していたエレオノールが慌てて背筋を伸ばす。

「こちらこそありがとうございます」

深々と頭を下げてから顔を上げると、ハインリヒは優しい笑みを浮かべていた。

（もしかしたら誤解があったのかもしれない）

ルストレイクのメイドたちのことをなにも知らなかったように、ジークハルトにも知らないことがあるのではないかと、そう思った。

「ならばもうよい。好きにせよ」

皇帝は急に興味を失った様子で言った。

「寛大なお言葉を賜り感謝申し上げます」

相変わらずよそよそしく言ったジークハルトの前で、皇妃がぱちんと手を鳴らす。

「では、さっそくジークハルトの婚約を祝いましょう。ちょうどよかったわ。今夜、偶然諸侯を呼び寄せて慰労会を開くところでしたのよ。あいにくの天気ですが、充分に人が集まるでしょう」

皇妃の視線が窓の外へ向く。

エレオノールたちが来た時は晴れていた空が、今はどんよりと暗い。いつ雨が降りだしてもおかしくなさそうだ。

「ああ、周知にはふさわしい場だ。——ジークハルト、婚約者とともにパーティーに参加しろ。必要なものがあれば申し出るがいい。祝いとして可能な限り用意させよう」

「ありがとうございます。皇帝陛下」

エレオノールはふと、ジークハルトがこれまで皇帝を『父』と呼んだことがないと気づいた。

（ハインリヒ殿下が言ったように、今日をきっかけに変わっていけたらいい）

同じことを考えているのか、ハインリヒがエレオノールに向けて微笑みかけた。

あてがわれた客間に戻ったエレオノールが先ほどの件に触れる前に、ソファに背をもたれさせたジークハルトが低い笑い声を漏らした。

「妙だな」

「皇妃殿下とハインリヒ殿下ですか？」

「そうだ」

ジークハルトは身を起こすと、眉根を寄せて言う。

「あんなに好意的に俺の結婚を認める理由はなんだ？　間違いなくひと悶着《もんちゃく》あると思っていたのに」

「ハインリヒ殿下が言っていたことがすべてではないでしょうか」

「関係を改めていきたいと言っていたあれか」

「はい。……もしかしたらこれまでのことも、誤解があったのではないかと」

そう言ってからエレオノールは目を伏せた。

「あくまでそう思っただけです。今までのことは、あなたの話でしか知らないので」

「……今さらどんな関係を築けるというんだ」

責めた物言いはエレオノールに向けられたものではない。

「私……あなたのもとを去る時に知ったんです。今までずっと人とかかわらないのが正しいのだと思ってきました。敵意がないと伝えていれば、受け入れてくれるものだと思っていたんです。でも、違いました」

「どう違った？」

「相手を知るために、踏み出すべきでした。お互いによくわからないままでは、受け入れられるものも受け入れられません」

「俺にもそうすべきだと？」

「それは……。……そうですね。機会があってもいいんじゃないかな、とは思います」

く、とジークハルトが喉を鳴らして笑う。

「確かに今まで一度もそうしようと思わなかったな」

「……無理にとは言いません。命を狙われてきたんですから」

「それが本当に皇妃とハインリヒによるものなのか、はっきりさせられるのかもしれないな。今までは状況と立場を考えた結果、そうだと思っていた。……証拠もないわけではなかったし」

エレオノールには、ジークハルトの迷いと戸惑いが手に取るように感じられた。

安易に口を挟んでもよかったのかどうか、エレオノール自身も迷う。

「だが、その証拠が偽物だという可能性もある。俺とあのふたりの間を裂くために」

「……皇子同士で潰し合いをさせて得をする人物がいるかも、ということですね」

「考え出したらキリがないがな。答えが出ていない以上、どの可能性も等しく存在しているのだから」

口を開きかけたエレオノールの唇をジークハルトがすくうように奪う。

「どちらにせよ、この結果を喜ぶべきだろう。お前のためなら傷ついてもかまわないと思っている男が、無傷で手に入れた勝利だ」

「傷ついてもいいと思うのもだめですよ」

エレオノールは小さくつぶやいてジークハルトの肩に寄りかかった。

「早くお前を俺の妻と呼びたい」

「エルと呼ばれるのも好きです」

「どっちも、俺にだけ許された呼び方だ」

家族といた時とは違う満たされた穏やかな表情に、惹かれないほうが難しい。

エレオノールはジークハルトの頬にそっと口づけを贈り、しっかりそれ以上にやり返された。


パーティーが始まる頃には、すっかり陽が落ちていた。

控室にてジークハルトを待っていたエレオノールは、全身が入る姿見を前に、改めて自分の姿を確認した。

皇妃の好意で用意された素晴らしいドレスは、胸もとにきらびやかな宝石がいくつもあしらわれている。

身体の線を強調するようにぴったりとした形なのは落ち着かないが、初めて着る意匠には心が踊った。

(ジークはなんて言ってくれるかな)

リヨンでのパーティーでパートナーを務めた時は思わなかったのに、今はジークハルトの反応が気になってしかたがない。

ふんわりと軽く巻いた髪や薄い化粧も、どんな感想をもらえるか楽しみでならなかった。

エスコートを待つ身でなければ、自分からジークハルトのもとへ飛んでいきかねないほど心を弾ませていたエレオノールのもとに、ついに待ちわびた音が届いた。

扉を軽く叩く音がした瞬間、上品な装いにはふさわしくない勢いで飛びつき、すぐに開けてしまう。

「ジーク、私――」

言いかけたエレオノールの声が、ひゅっという音とともにのみ込まれる。

そこに立っていたのはジークハルトではなく、その異母兄のハインリヒだった。

「あー……すまない。ジークハルトじゃなくて」

「い、いいえ、こちらこそ申し訳ありません。お見苦しいところを……」

申し訳なさそうに苦笑したハインリヒに頭を下げ、エレオノールは慌てて自分の髪を撫でつけた。

「ジークにご用でしょうか？　でしたらまだ来ておりません」

「いや、あなたに会いに来たんだ」

「私に？」

「……ジークハルトに渡したいものがあってね」

ハインリヒは背後を振り返り、誰もいないことを確認する。

「ただ、今までが今までだろう。受け取ってくれないのではと思うと……。ジークハルトにもきっと聞いているだろうね。私とは不仲だということを」

それ以上にいろいろと問題があったようだと聞いている。

とは言わず、エレオノールは曖昧に微笑みを返した。

「先ほど、ジークとの仲を改善していきたいとおっしゃっていましたね。そのためのものですか？」

「ああ、そうなんだ。ずいぶん前から用意していたんだが、渡すなら今日かなと」

「とてもいいお考えだと思います」

答えながら、エレオノールは安堵していた。

（やっぱり誤解があったんだ。そうじゃなかったら、こんなふうに言うはずがない）

「それで、なんだが。……パーティーが始まる前に、私と一緒にジークに渡してもらえないだろうか？」

「一緒に、ですか」

繰り返したエレオノールに、ハインリヒがうなずきを返す。

「どうもひとりで渡すのは気まずくて。間に入ってほしい」

「そういうことでしたら、喜んで。そのお品はどこに？」

「ああ、ここに――ん？」

ジャケットの胸ポケットを触れたハインリヒが、訝しげに眉根を寄せる。

「おかしいな、確かに入れたはず……」

「もしかして落としたのでしょうか。でしたらすぐに捜さないと」

お祝いのパーティーまでに、長年のしがらみは消し去っておくべきだろう。

ジークハルトにとってもそれがいいはずだ。

「あるいはお部屋に忘れてきたのかもしれません」

「行って戻ってくるまでにジークハルトが来ると困るな。一緒に来てくれ」

「はい」

エレオノールがいなければ、ジークハルトはパーティーに行けない。

兄弟の和解を果たすために、時間稼ぎが必要だった。

ハインリヒの部屋は城の最上階にあった。

導かれるまま真っ暗な部屋に足を踏み入れたエレオノールは、背後で扉が閉まる音と一緒に耳馴染みのある鳴き声を聞いた。

「みゃあ！　みゃあ！」

「……リュース？」

その鳴き声から伝わるのは、激しい怒りと焦り。

（まさか）

シュルーシュカとともに竜舎で留守番をしているはずのリュースの声が、なぜハインリヒの部屋で聞こえるのか。

その意味を悟ったのと同時に、エレオノールの身体は勢いよく床に突き飛ばされた。

「なにをなさるんですか……！」

明かりがつくと、表情のないハインリヒがエレオノールを見下ろしている。

「恋人想いの婚約者がいて、ジークハルトは幸せ者だな」

先ほどまでとは打って変わった酷薄な声色で言うと、ハインリヒはエレオノールに覆いかぶさって細腕を押さえつけた。

「みゃああ！」

リュースが狂ったように叫び声をあげる。

必死に視線を動かすと、部屋の奥に鉄製の檻《おり》があった。

抱えるほどの大きさの檻に、リュースが捕らえられている。かなりきついようで、狭い檻の中に何度もぶつかる音が響いていた。

「ずっとあの調子でな。何度殺してやろうと思ったかわからない」

「なんてことを……。リュースを解放して！」

「それはできないな。――母があの鱗をいたく気に入ってね」

リュースの鱗は光沢のある極光色だ。

ジークハルトが希少種だといった、複雑で美しい色の鱗をどうするつもりなのか、聞きたくはない。

「ジークはあなたを信じようとしたのに！」

「そうか。反吐《へど》が出るな」

あまりにもさらりと返され、エレオノールは言葉を詰まらせる。

ハインリヒはそんなエレオノールの首筋に手を這わせると、指に力を込めた。

「う、くっ……」

まだ呼吸はできる。が、これ以上力を入れられればどうなるかわからない。

「お前、今からでも俺の愛妾にならないか？」

「なに……を……」

「俺ならばいずれはこの国の皇帝だ。あいつと俺のどちらのほうがいいか、言わずともわかると思うが？」

エレオノールが自分を選ぶと信じて疑わない口調だった。

リュースが檻の中で激しく暴れる音を一瞬忘れるほどのとんでもない提案に、エレオノールは強烈な嫌悪感を覚える。

「私を単なる村娘だとおっしゃったはずでは？　高貴な殿下のお相手など、とても務まりません」

皮肉をたっぷりと込めて言うも、ハインリヒは鼻で笑う。

「なに、着飾って俺の目を楽しませるだけでも充分だ。――それに」

エレオノールの首にかかっていた手が滑り、胸もとで止まる。

「相手が務まるよう、一から教える楽しみもある」

毛虫が這うような不快感が全身を走り抜け、エレオノールは身をよじった。

そんな姿に気をよくしたのか、ハインリヒはエレオノールの唇に親指をなぞらせる。

「未来の皇帝の子を孕《はら》めるのだから、もっと喜べ」

「――ふざけないで」

きつくハインリヒを睨んだエレオノールが、唇を割って入ってこようとした親指に力いっぱい噛みつく。

「ぐあっ⁉」

「私が一緒に生きたいのは、生きると決めたのは、あなたみたいな人間じゃない！」

「この……っ！」

獲物を簡単に逃がすほど、ハインリヒは優しい男ではなかった。

先ほどよりもずっと強い力でエレオノールの首を掴み、ぎりぎりと絞め上げる。

すでに命を握られている状態で使える防御魔法は、エレオノールの知識にない。行使できるのは身を守るための盾のようなものだけだ。

「みゃあああっ！」

エレオノールの危機を察したリュースが叫んだ。

「あんな呪われた瞳を持った男のなにがいい？　でかいトカゲと戯れるしか能のない皇家の恥さらしが！」

どす黒い憎しみを隠そうともしない物言いは、間違いなくハインリヒの本心だ。

（こんな人だと気づけなかったなんて）

エレオノールの首を絞めるハインリヒは、弟と和解したいと言った時と別人のようだった。吊り上がった目は血走って、人間というよりも人間の形をした魔物を相手にしているように思ってしまう。

これ以上余計な発言で激高させるわけにはいかないのに、エレオノールはジークハルトを侮辱する言葉を聞き流せなかった。

「ベルグ、帝国の……竜騎士団は……他国にも名が……知れ渡っています」

うまく言葉を発せられない状況ながらも、必死に声を絞り出す。

「それを率いる彼を……どうして恥と言えましょうか……？　あの美しい瞳だって、私は誇りに思っています……っ」

酸素が足りなくても、指が食い込んだ喉に痛みを感じても、エレオノールの頭は冷えきっていた。

「っは……あなたなどより、ジークのほうがよほどこの国にふさわしいわ……！」

「娼婦の分際でよくも……！」

振り上げられた手がエレオノールの頬を打とうとするが、その前にリュースの叫び声と、鼻を突く異臭が辺りを包み込んだ。

「しゃああっ！」

「なん――」

ハインリヒが声をあげるよりも早く、勢いよく飛び込んできたリュースがその身体に体当たりする。

「うぐっ」

ハインリヒの手が緩んだのをいいことに、エレオノールも渾身《こんしん》の力を込めてその腹を蹴り飛ばした。さすがにこらえきれなかったハインリヒが床に転がる。

エレオノールはそれを確認する前に、身体を起こして激しく咳き込んだ。

すぐに距離を取ったエレオノールと、嘔吐するハインリヒの間に、怒りに燃えたリュースが降り立つ。

「ふしゅううう」

見ると、リュースの鱗がところどころ剥《は》がされている。

美しかった極光色は見る影もなく、ぼろぼろになっていた。

「そんな、リュース……」

皇妃はリュースの鱗を気に入ったと言っていた。

檻に囚われたかわいい子竜になにをしたのか、考えたくもない。

「ふーっ、ふーっ！」

目をらんらんと輝かせたリュースは、母親を守るために手段を選ばなかった。

まだ悶絶していたハインリヒに飛びかかり、その手に思いきり噛みつく。

「ぎゃあっ！　やめ、やめろ！」

「やめて！　リュース！　もう大丈夫だから！」

完全に理性を失った子竜の姿が、かつてエルフの森を焼き滅ぼした魔物と重なっていく。

かわいい愛玩動物などではなかった。リュースは紛れもなく、ドラゴンなのだ。

「ぐう、るる」

ずらりと牙が並んだ口からハインリヒの腕が投げ出される。

エレオノールが荒れ狂う子竜に駆け寄ろうとした直後、その小さな喉奥から奇妙な音がした。

「ふ――みゃ、うあ」

リュースが咳をした、とエレオノールは思った。

しかし次の瞬間、大きく開かれた口から濃い緑色の液体が溢れ出す。

「リュース……！」

その液体は同色の煙をまといながらぼんやりと発光していた。

どろどろとこぼれ出たそれは、しゅうしゅうと音を立てて絨毯の上に広がっていく。

「みゃっ、ぐ、う、んみぃ」

リュースが苦しげに首を振ると、濃緑色の液体と煙がハインリヒにも降りかかる。

「う……ぐ、あぁぁぁぁぁっ！」

この世のものとは思えない絶叫が響き、エレオノールは震えて壁際に後ずさった。

鼻をつくつんとしたにおいは、これまでの人生で一度も嗅いだことがないものだ。のたうち回るハインリヒは絶えず叫び続けており、リュースは口から謎の液体をまき散らしながら暴れ、部屋にあるものをめちゃくちゃにしている。

「リュース、お願い。だめ。落ち着いて……」

「みゃあ、みゃうっ」

「私の声が聞こえないの？　リュース！」

ハインリヒが動かなくなってなお興奮が治まらないリュースは、いつもするようにエレオノールの腕の中へは飛び込まず、廊下へ転がり出た。急いで後を追いかけたエレオノールだったが、子竜はすさまじい速さで廊下を駆けていく。

「……うっ」

不意にエレオノールは顔をしかめて口と鼻を手で覆った。

胃が逆流するような感覚。全身の血が沸騰し、身体中の穴から吐き出されようとする不快感。意識が飛びそうになるも、ぎりぎりのところでこらえて廊下の壁に手をつく。

倒れ込むようにして手をついたために、壁にかかっていた絵画が音を立てて床に落ちた。

額縁の尖《とが》った隅が、リュースの口から出た液体に浸る。

「な、に。なんなの……」

再び蛇が発する音に似たしゅうしゅうという音がした。

はっとして部屋のほうを見ると、リュースの移動した跡に沿って床の表面が崩れている。

「嘘、溶けて……」

床に落ちた絵画の額縁が溶け始めていた。

またつんとくるにおいが鼻をつき、エレオノールは吐き気をこらえて歩こうとする。

前へ踏み出したつもりが、ぐるりと視界が一回転して揺らいだ。

(この症状、まるで——毒だわ)

テレーと生活している時、エレオノールは製薬に必要だからと毒の知識を授かった。

具合が悪くなる程度で命には影響がないもの。時間をかけてゆっくりと命を蝕《むしば》んでいく危険なもの。触れるだけで皮膚を爛《ただ》れさせるもの。

刻まれた知識が、この場の空気を肺に取り込むなと警鐘を鳴らす。

(あっちにはもう行けない……)

リュースが逃げ去った先に向かいたくても、その途中にはエレオノールの道を阻むように不穏な毒性の煙が漂っている。

(忘れていた。あの子がドラゴンだってこと)

遠くから騒ぐ声と激しい物音が聞こえていた。

このままではリュースによる被害が広がってしまう。

(あの子を止めなければ)

今いるのは城の最上階。階下に向かう手段がひとつというのはありえない。

エレオノールはすぐに、リュースが向かったのとは反対方向へ駆け出した。

◇◇◇

(どこにいるんだ、エル)

ジークハルトは焦燥感に煽られて城内を駆け回っていた。

待っているはずのエレオノールは控室におらず、人に聞けば、誰も行方を知らない。

嫌な予感を覚えたジークハルトが必死に捜すも、いまだ見つかっていなかった。

(やはり信じるべきではなかった。……俺のせいだ)

とっくに捨て去ったと思っていたのに、家族として受け入れられたい気持ちが心のどこかにあった。

エレオノールとの未来を祝福されたいと願ったのが、ジークハルトの過ちだった。
（エル）
足は自然と皇族が生活する最上階へ向かおうとしていた。

しかしそんなジークハルトを警備兵が止める。

「この先は何人たりとも通すなと仰せです」

「俺であってもか」

片時も目を逸らさず言ったジークハルトから、兵士が目を背ける。

「……殿下であっても、通すわけにはまいりません」

「そうか。ならば強引に通るまでだ」

「殿下！」

ジークハルトとて、命令に忠実な警備兵を責めるのは筋違いだと理解している。

だが、呑気《のんき》に問答している心の余裕はとうになかった。

「後の始末は俺がつける。どのようなとがめもお前たちには及ばせない。だから――」

その時、どこからともなくすさまじい悲鳴が聞こえた。

女ではない、男のものだ。

「ハインリヒ？」

思わずジークハルトがつぶやくと、警備兵たちははっとした様子で背後を振り返った。その隙を逃さず、素早く脇を抜けて上へ続く階段に向かう。

「お待ちください！」

「俺を止めている場合か！」

あれはハインリヒのものだ――と妙な確信を持って急ぐジークハルトは、一段飛ばしで階段を駆け上がった。

広間は一階にあり、ハインリヒの部屋は五階にある。並の人間ならば息切れして足を止めてもおかしくなかったが、その足は一瞬も止まらない。

（なにがあったんだ）

ジークハルトはエレオノールが古代魔法に長けていることを知っている。その種類については詳しくないが、以前攻撃魔法はないと言っていたのも覚えている。

（防御魔法は使えるはずだ。――もしもそれを行使せねばならない事態だとしたら？）

エレオノールが身を守るとしたら、攻撃してきた相手は誰なのか。

逸る気持ちを抑えようともせずに駆けていたジークハルトは、三階に差しかかったところで突然上から飛び込んできたなにかに体当たりを受けた。

「くっ……!?」

騎士としての本能が、考えるよりも先にジークハルトの足を踏ん張らせた。

腹に飛び込んだそれはぱっと離れると、呻き声をあげてジークハルトを睨みつける。

「ふしゅううぅ……」

「リュース……？」

「みゃあ！」

名前を呼ばれて反応したのかと思いきや、リュースはジークハルトの脇を抜けて階下に走っていった。

予想もしていなかった相手の登場に、さすがに足が止まる。

「いったい……」

なにがあったんだ、と言いかけたジークハルトは、突如全身の毛が逆立つような感覚に陥り、素早く自分の口と鼻を袖で覆った。

(これは毒のにおいだ。なぜ、リュースが)

見れば、向かおうとしていた階段に点々と濃緑色の液体が散っている。

その液体が触れた場所はぐずぐずと崩れていた。

(腐食？　いや、溶けている？　――シュルーシュカ！)

ジークハルトはすぐに竜舎に控えているシュルーシュカに念話を飛ばした。

《なにが起きているの!?》

(こっちが聞きたい！　なにが起きた!?)

基本的には尊大で余裕のある態度を崩さないシュルーシュカが、珍しく焦っている。

それがすでに、ジークハルトにとっては緊急事態だ。

《あなたたちと別れた後、リュースと一緒にいたわ。だけど気がついたらどこにもいなくて。どうして私、こんなところで眠っていたの？》

(なにか盛られたか)

《わからない。でも、頭がはっきりしない。あの子はどこ？》

(念話は？)

《……届かない。私の声を聞こうとしないわ》

もっと詳しく問いただしたいが、ジークハルトが焦ればシュルーシュカにも伝わる。

今は状況を把握するためにも、冷静にならねばならなかった。

(リュースがひどく興奮している。妙な液体をまき散らしながら。おそらくは毒だ)

《まさか、あの子――》

シュルーシュカがそう言った時、上階から轟音《ごうおん》が響いた。

(なんだ?)

《――驚いた。城の一部が崩れたわ》

外にある竜舎から見えているのか、シュルーシュカの声に緊張が混じる。

《嵐のせい……だけではないんでしょう。リュースは?　そこにいる?》

(いない。暴走しているようだ)

話しているうちにジークハルトの頭が冷え、冷静に物事を考えられるようになる。

あんなに懐いていたジークハルトにも気づかないほど興奮し、目につくものをめちゃくちゃにするリュースは、どう考えても異常だ。

しかしああいった状態になったドラゴンの姿には覚えがある。

ドラゴンがここまで我を忘れて、本能のままに暴走するのは、『宝物を奪われた時』か、『自らの騎士との繋がりを絶たれた時』だ。

(エルになにかあったんだ)

ハインリヒの悲鳴と、暴走したリュース。そして消えたエレオノール。関係がないとは言わせない。

周囲に漂う毒の気配に、本能が勝手に足を止める。

これ以上進めば死ぬ。数多の戦場を駆け巡った経験がそう訴えていた。
《リュースから激しい怒りを感じる》
（だろうな）
《きっとパーティーに参加させてもらえなかったからよ》
（そうだったらいいんだが）
《せっかくだし、私もお邪魔しようかしら？》
ふざけた物言いだったが、シュルーシュカの声は真剣だった。
今が尋常ではない事態だとすでに悟っているようだ。
（外の状態は？）
《ひどい嵐よ。人間たちが何人も城から出てきているわ》
（お前は今、どこにいる？）
《崩れた城の一部を支えているところ》
言葉で説明するのに時間を有すると判断したのか、シュルーシュカが映像を送ってくる。
彼女は竜舎を飛び出し、城の上空にいた。
崩れかけた城の一部を巨体で支え、階下に被害が及ばないようにしている。

ドラゴンの種類によっては前脚を使って運べただろうが、シュルーシュカの体躯はそういう形に作られていない。

指示する前に自分で動き、必要なことをこなしている相棒に頼もしさを覚えながら、ジークハルトはちらりと上階へ続く階段を見やった。

（……エル）

無理をすればエレオノールのもとに向かえるかもしれないが、濃厚に漂う毒の霧がジークハルトを拒む。危険な博打に身を投じるつもりはなかった。

（直属軍のドラゴンに連絡を取ってくれ。緊急事態だ）

《もう伝えたわ。今、全速力で向かわせているところよ》

（助かる）

《お礼は私の心臓と同じ大きさの宝石をお願いするわ》

（そのまま応援が来るまで城を支えていてくれ。俺はエルを捜しに行く）

《ええ》

短く答えてから、シュルーシュカは固い口調で言った。

《早くしてちょうだい。このままだと大勢死ぬわよ》

大混乱に陥った人々の間をかき分けて外へ出ると、激しい雨がジークハルトの頬を打った。

皆、口や鼻を押さえ、異様なほど涙を流しながら咳き込んでいる。

（エルはどこだ？）

エルらしき人影は見当たらない。

リュースの姿もないが、もたらした被害は甚大だ。

ドラゴンという存在がいかに強大で恐ろしいか知っていたはずなのに、ジークハルトはこの状況に陥ってなお、これがリュースのしでかしたことだとは思えずにいた。

子竜はいつも愛らしく、エレオノールの言葉によく従った。

ジークハルトのボタンをかじるのが好きで、頻繁に叱っていたのも懐かしいといえるほど昔の話ではない。

「殿下、中にまだ人が……」

ジークハルトに声をかけたのは、パーティーに招待されたらしい貴族だった。

「雷が落ちたのです。雨のおかげで燃え広がりはしませんでしたが、急に具合が悪くなって……」

「いい、無理に話すな」

肩で息をする貴族を支え、ジークハルトは城から充分に距離を取った位置まで運ぶ。

城は特徴的な造りだ。

主に皇族が居住区とする五階建ての建物に、現在いる二階建ての建物が併設されており、ふたつの建物は一階と二階に一本ずつある廊下で繋がっている。

吹き抜けの構造になった広間に雷が直撃し、それによって人々は外へ逃げ出したようだった。

(リュースを見た者はいない、のか？　エルも？)

そう思った時、慣れ親しんだ気配を感じたジークハルトははっと顔を上げた。

《第一部隊が到着したから任せてきたわ》

その場に降り立とうとしたシュルーシュカだが、ジークハルトはその脚が地面につく前に鱗に手をかけ、素早く背に飛び乗った。

《ちょっと！》

「エルがいない。城に取り残されたままだ！」

早く飛べとかかとでシュルーシュカの腹を蹴ると、不満げな唸り声がした。

しかしシュルーシュカは文句を言わずに再び飛び立ち、先ほど自分がいた城の上階へ向かう。

報告通り、普段はジークハルトの管理下にない皇家直属の竜騎士団が到着し、空を飛び回っている。

城のがれきが落ちないよう運んだり、人々の救助にあたっているようだった。

ルストレイクに拠点を置く竜騎士団と負けず劣らずの精鋭の動きに安堵しながら、ジークハルトは雷雨の中で目を凝らす。

（念話は通じるか？）

《通じないわ。リュースもだけど、それどころじゃないみたい》

いつ雷に打ち落とされてもおかしくない空を駆け、必死にエレオノールの姿を捜す。

城の上階はあちこちが崩れかけており、外から中の様子が見て取れた。

城が崩れていて幸いだというべきか。

毒の霧が城の中からゆらゆらと暗闇に流れ、雨に濡れて消えていく。

ジークハルトは逡巡《しゅんじゅん》した。

崩れた場所から漏れ出している分、下の階に比べて上階の毒の濃度は薄くなっている。シュルーシュカに下ろしてもらえば最上階から中を調べられるはずだった。

それを伝えようとした矢先に、鋭い声が響く。

《ジーク！　あそこの屋根！》

雨粒に視界を邪魔され、顔をしかめながらジークハルトはシュルーシュカの示す先を見た。

なにか、黒く小さな塊が嵐の中で動いたように思う。

それがなんなのかを確認するまでもなく、ジークハルトは轟《とどろ》く雷の音に負けじと叫んだ。

「シュルーシュカ、行け！」

◇◇◇

（ここまで逃げてきたはいいけれど……）

室内にいては危険だと判断したエレオノールは、部屋の中からバルコニーを伝って外に出ていた。

溶かされてもろくなった足場がどんどん崩れていく。嵐もまれに見るほど激しくなっていた。

追いつめられたエレオノールは徐々に上へ向かうしかなくなり、今は雨に打たれながら風に流されまいと必死に尖塔《せんとう》の先にしがみついている。

（これ以上はもう動けない。一歩でも動いたらきっと落ちてしまう）

城の屋根は雨で滑る。下は視界が悪いのもあって、なにも見えないほど遠い。

（リュースは無事なの？　ジークは？）

恋人を思い浮かべた瞬間、エレオノールは心細さから口を開いていた。

「ジーク、助けて。助けて……！」

「――エル！」

豪雨に紛れて、幻聴ではない確かな声が轟く。

自身のいる場所より下の位置で聞こえた気がしてそちらを見ると、暴風に煽られながらも器用に空中で体勢を維持しているのはシュルーシュカだった。

その背には、雨に濡れたジークハルトの姿がある。

「ジーク！」

「飛べ！」

そう言われたエレオノールは思わず首を横に振っていた。

「無理よ、できないわ……！」

エレオノールの位置からジークハルトの位置まで、ゆうに建物二階分はある。

ますます強くなる雨風のせいかシュルーシュカはこれ以上高く飛べないようだった。

もどかしげに動く翼は、以前エレオノールを乗せて飛んだ時よりもずっとせわしない。そうまでしないと体勢を保っていられないのだ。

「大丈夫だ！」

怯えたエレオノールをジークハルトの声が勇気づけようとする。

「必ず受け止める。俺を信じろ！」

直後、エレオノールの背後でなにかが炸裂《さくれつ》し、すさまじい爆音が響いた。

今支えにしているものと同じ尖塔のひとつに雷が落ち、がれきを吹き飛ばした音だった。

（このままじゃ……）

いつエレオノールも同じ目に遭うかわからない。

もたもたしていたら、ジークハルトまで巻き込む恐れがある。

（怖い、けど）

エレオノールはジークハルトを見つめ、唇を噛んだ。

（あなたの言葉なら信じられる）

覚悟を決めて手を離し、空中に身体を踊らせる。

雨粒を叩きつけられ、風に流されながら目を閉じたエレオノールは、一拍ののちにジークハルトの腕の中にいた。

「エル、無事か⁉」

無事に生還したと思った瞬間、エレオノールの声が震えた。

「私……生きてるんですね……」

「当たり前だ。俺が死なせない」

ジークハルトは片手でエレオノールの身体を抱き支え、もう片方の手でシュルーシュカの首を軽く叩いた。

「リュースはどこですか？　あの子、様子がおかしくて……」

「見つけられていない。だが、この様子だとまだ暴れているんだろう」

「あの子を止めないと。これ以上被害がひどくなる前に」

いくら希少なドラゴンといえど、こんな大惨事を引き起こしたとなれば処分されかねない。

「ああ。俺も協力す――」

言いかけたジークハルトが口をつぐむ。

その視線の先を追うと、シュルーシュカが城に向けて口を開いていた。

「シュルーシュカ。お前、なにを」

《ちょっと黙ってて！》
その念話は、ずっと恐慌状態にあったエレオノールにも届いた。
《目を閉じていなさい。耳も！　早く！》
「なんなんだ、いったい……！」
そう言いながらもすぐに耳を塞ぐあたり、シュルーシュカとジークハルトの深い絆を感じる。
エレオノールもしっかりと両手で耳を押さえ、目をつぶった。
刹那《せつな》、目を焼くほどの光が炸裂し、天を割るような轟音が鳴り響く。
耳を押さえていても届くその音に、シュルーシュカの歓喜の声が重なった。
《私の勝ちよ！》
光が治まってすぐに目を開けたエレオノールは、ほんの少し前に自分がいた尖塔が粉々になって崩れていくところを見た。
「シュルーシュカさん、今のは……！」
《私がいなかったら城は跡形もなくなっていたわよ。褒めてちょうだい》
「……ブレスを吐いたのか」
《すっきりしたわ。ここまで本気を出したのは久しぶりよ》

エレオノールが物問いたげにジークハルトを見る。

その視線を受けてジークハルトが苦い顔をした。

「落雷に雷のブレスを当てて相殺させたんだ。——そうだろう?」

《説明が上手ね。さすが、私が認めた騎士だわ》

「そんなことができるんですね……」

自然現象と対等にやり合う姿を前に、改めてエレオノールの身体が震える。

すぐに気づいたジークハルトが、その細身を抱きしめた。

「大丈夫か」

「リュースも、シュルーシュカさんも……ドラゴンなんですもんね。私、なにもわかっていなかった……」

「だが、お前の敵じゃない」

エレオノールが顔を上げると、雨に濡れたジークハルトがまっすぐに見つめてくる。

「リュースにこんなとんでもない真似をさせたくないのは、俺も同じだ。早く捜しに行ってやろう」

「はい」

《ああ、また来そうだわ。でももう私、空っぽよ》

雷を吐けるドラゴンはその気配も察知できるのか、再び激しい雷が落ちる。

そう何度も来られるとシュルーシュカにも止められないようで、城の一部が音を立てて崩れた。

ますます荒れる空模様には、もはや目も開けていられない。

(このままじゃ、城に残った人たちまで……!)

エレオノールはほとんど無意識に自分の持つ力に集中していた。

虚空へと手をかざし、まばたきもせず、城を覆う巨大な半円を思い描く。

『ラスはいい子だから、いつか本物の聖女様になれるかもしれないね』

そんなテレーの懐かしい声が耳によみがえった瞬間、エレオノールは自分の中にある魔力を一気に放出した。

「エル、いったいなにを……」

突然、崩れかけた城が淡い光を宿した泡のようなものに包まれたのを見て、ジークハルトが息をのむ。

《こんなの、人間にも耳長にも――私たちにもできることじゃないわ》

光の膜は次々と落ちる雷を防ぎ、城を守っていた。

《ジーク。あなた、『なに』をつがいにするつもりなの?》

あのシュルーシュカでさえ、目の前の光景を信じられずに衝撃を受けてつぶやく。

「長くは、もちません……」

シュルーシュカの背から落ちそうになったエレオノールを、すぐにジークハルトが支える。

意識は保っているが、暗がりでもわかるほどエレオノールの顔色は悪い。

「私……みんなを守ろうと、思って……」

「いい。後は任せろ」

そう言ったジークハルトの視線を追ったエレオノールは、その先に浮かぶ影を見て、安堵の笑みを浮かべた。

遠くの空から駆けてくるルストレイクの竜騎士団に気づいたのだった。

事態が落ち着いたのは、荒れ狂う空に朝日が昇り始めてからだった。

半壊した城の隙間から疲れきった様子で出てきたリュースは、自分のしでかしたことも気に留めずシュルーシュカの翼の下で眠っている。

しかしエレオノールとジークハルトは、まだ服も乾ききっていないというのに言い争っていた。

「頼むからおとなしくしていろ」

「今は私の力が必要なはずです」

強い瞳でジークハルトを見つめ返し、エレオノールは一歩も引かずに言う。

「城全体を覆うほどの高度な防御魔法を展開したばかりだろう。気絶しかけたのを忘れたか？　そんな状況でこれ以上、力を使う必要はない」

「やれることがあるのにしないわけにはいきません。それに、リュースがやったことならなおさら私がやらなければ。子の不始末は母親がすべきです」

「だめだ。お前は魔法を使いすぎると倒れる。これだけの出来事があった後だぞ。今度は何日眠り続けるかわからない」

「だったらジークが起こしに来てください。ちゃんと起きますから！」

そう言ってエレオノールはジークハルトが止めるのも聞かず、崩壊する城から逃げる際に怪我をした女性のもとへ駆け寄った。

「大丈夫ですか？　今、すぐに治しますね」

神官が扱うものとは明らかに違う魔法だが、この非常事態で気にする人間はいなかった。むしろまだ到着しない神官の代わりに、ぼろぼろになりながらも癒やしを施して回るエレオノールに賞賛の声があがる。

「……おとなしくしていろと言うのに」

唯一、不満そうにしているのはジークハルトだった。

《いいじゃない、本人がやりたいと言うならやらせたら？》

少し離れた位置でリュースを見守るシュルーシュカが言う。

《あなただって事後処理に追われるんでしょ。エルのことばかり言えないわよ》

ジークハルトは答えずに深い溜息をつくと、諦めたように竜騎士団の者たちが集まるほうへ歩きだした。

（エルが母親として後始末に奔走するなら、俺も父親としての義務を果たすべきか）

《リュースが眠っていて残念だわ。今のを聞かせてあげたかった》

竜騎士団のドラゴンたちが、近づいてくるジークハルトに向かって喉を鳴らす。

ジークハルトはエレオノールの恋人から、竜騎士団の団長へと表情を変え、部下たちに指示を出し始めた。

覚醒

皇城を襲った大規模な嵐の話題がようやく収まった頃、エレオノールはジークハルトとともに、イーヒェルの郊外にある皇族の別邸へやって来た。

崩壊した城に住み続けるわけにはいかないため、新しい城が完成するまで皇族はこちらの城で生活している。

「――では、怪我人はいても亡くなった者はいなかったと」

「はい。竜騎士団の到着が早かったのが幸いしました」

エレオノールの防御魔法によって災難を逃れた皇帝が、ジークハルトの報告を受けて眉間を指で揉《も》む。

「……お前の恋人が癒やしの力を行使して回ったというのもそうだろう」

「否定はいたしません。エレオノールが人々のために力を尽くしたのは事実です」

大々的に人々を助けて回った今、エレオノールの持つ力を隠せるはずもない。

しかも途中から覚醒したのか、一気に数十人もの人間を癒やすという大技まで披露してしまった。神殿の高位神官でさえ、三人が限度だといわれているのにである。

後のことまで考えていなかったエレオノールは、なにも言えずに目を伏せた。

（しかも結局、三日も寝込んでしまった）

力を使い果たして眠りについたエレオノールを起こしたのは、やきもきしながら毎日世話をしていたジークハルトだった。

目が覚めてからは安堵され、賞賛され、説教され、と実に忙しかった。

「聖女が降臨したという話が出ているが、それについてはどうする」

「おとなしく神殿に引き渡すとお思いですか？　エレオノールは私のものです」

きっぱりと言いきったジークハルトに、皇帝もそれ以上言えないでいる。

「聖女を擁立したいと言うなら、私が神官たちに話をつけましょう」

「……もうよい」

皇帝は額に手を当て、大きく息を吐く。

「こうなるとお前の結婚を認めてよかったのかもしれぬ。神殿に余計な権力を渡さず、市民の支持も皇家に集まるだろう。ゆくゆくは――」

「彼女を政治に利用するおつもりではないでしょうね」

ジークハルトが釘を刺すように言うと、皇帝はぐっと言葉に詰まった。

（みんながそう言っているだけで本物の聖女ではないのだし、私にそこまでの利用価

値があるとは思えないけど。……ジークに言ったらまた叱られるから黙っていよう）

短い沈黙を経て、皇帝が口を開く。

「何度も伝えたが、聖女が持つ力の件でお前に頼みがある」

「お断りいたします」

皇帝らしからぬためらいも意に介さず、ジークハルトは悔いのない顔で即答した。

「エレオノールにハインリヒを治療させろと言うのでしょう。それだけは聞けません」

「……そんな話があったんですか？」

思わず聞いたエレオノールに向かって、ジークハルトは眉間に皺を寄せながらうなずいた。

「事件直後から言われていたことだ。ハインリヒは――リュースのブレスを直接浴びたうえに、処置が遅かった」

「今はどのような状態でしょう。生きてはいらっしゃるのですよね……？」

目で問われた皇帝は、驚くほどジークハルトに似た仕草でうなずきを返す。

「……かろうじて息がある、といった状態だ」

詳細は口にすることもできない、という空気を感じる。

「そんな……」

エレオノールは再びジークハルトに視線を戻し、彼と目を合わせた。

「だめだ」

「まだなにも言っていません」

「なにを言おうとしているかわかるから言っている。あいつがなにをしようとしたか、忘れたわけじゃないだろうな」

あの日なにが起きたのか、ジークハルトはエレオノールに聞いて知っていた。

それからというもの、ジークハルトはもともと苦手意識があったハインリヒに対して強い嫌悪感を抱くようになったのだった。

「また、同じことをするかもしれないんだぞ」

「しないかもしれません。こんなひどい目に遭うとわかったわけですし」

「考えが甘いんじゃないのか」

一度信じて裏切られた以上、甘いという言葉も理解できる。

しかしエレオノールはジークハルトと同じ選択肢を選べなかった。

「それでも、やれることがあるならやらせてください」

そう言ってエレオノールは自分の手を見下ろした。

「私の力は自分を癒やすためではなく、人を癒やすために使えと言われました。役に立てるなら、誰が相手でも助けたいです」

それに、とエレオノールのは心の中で付け加える。

（ずっと聖女様になりたかった。もし私にそんな力があるのなら、助ける人を選ぶような真似をしたくない）

かつて卵を守ろうとした時と同じ真剣なエレオノールを見て、ジークハルトが不満げにうめく。

「……お前が頑固だと忘れていた」

あきれたように息を吐くと、ジークハルトは顔をしかめたまま皇帝に言った。

「ハインリヒのもとに案内してください」

怪我自体は大きかったものの、エレオノールは倒れることなく治療を終えられた。

ベッドから起き上がったハインリヒは、信じられないものを見る目で自分の手を眺めてから、治癒を施したエレオノールに目を向けた。

「なぜ……」

「あなたが私になにをしようとしたか、永遠に忘れません。あなたも自分の行いが原因でなにが起きたか一生忘れないでしょう」

「だからといって……。俺を憎んでいるんじゃないのか？」

「……憎んではいないんです。本当に。許せないだけで」

真面目に答えたエレオノールの後ろで、ジークハルトが苛立たしげに鼻を鳴らす。

「忘れないこと、まだありました。ジークとシュルーシュカさんを侮辱したことと、これまでひどい扱いをしてきたことです」

ハインリヒは答えずに口をつぐんでいる。

「兄弟で仲良くしろとは言いません。きっとあなたにも理由や事情があったんだと思います。だけどもう、ジークにはなにもしないでほしいんです」

「……なにもしない、とは言えない」

「また殺しに来るか？　皇妃と一緒に」

ジークハルトが押し殺した声で言った。

皇妃もまた、リュースの毒を吸い込んだために後遺症が出ている。よほど激しい痛みと苦しみに襲われたらしい。回復した後も焼きついた記憶に苛まれてまともな生活を送れず、別人のようにぼんやりと空を見つめて過ごしているそうだ。

「違う。……これまでの詫びと償いがしたい」

「現金なものだな。エルに助けられなければ、考えもしなかっただろうに」

「お前に俺のなにがわかる」

吐き捨てるように言うと、ハインリヒは手で自分の顔を覆った。

「……ずっとお前が嫌いだった。俺はお前を傷つけなければ母に認めてもらえないのに、お前は俺を恨みも憎みもせず――なんの関心も持たずに生きていた。……ずるいとさえ思った。もうお前のことなど考えたくもないのに、お前は俺を爪の先ほども意識せず、自由に過ごしているから」

「シュルーシュカも大概自分勝手だが、お前も相当だな。……俺の人生のなにが自由なものか。恨みも憎みもしなかっただと？　本当に、なにも思わずに生きてきたとでも？　前を向かなければ死ぬだけだった。それでいいとさえ思っていた」

ジークハルトはひと息に言って、無意識に握っていたこぶしに力を入れた。

「お前こそ、俺のなにがわかる。今さら詫びも償いもいるものか。お前にはなにも期待していない。これまでそうだったように」

「……ジーク」

さすがに聞いていられず、エレオノールはジークハルトの手に触れ、そっと首を横に振る。

（人は変わるものだと思う。だけど、このふたりの間にあるものは、ふたりにしかわからない。話に聞いただけの部外者が気安く口を挟んでいいことじゃない。……もっと早くわかっていたら、こんな事件も起こさずに済んだのかな）

ハインリヒはもうなにも言わなかった。

これまでの行いを悔いているというよりは、ただ打ちひしがれているように見えた。

許せない相手ではあるが、哀れだとも思う。

しかしエレオノールはそれを口に出さずのみ込んだ。

「ジークハルト」

気配を殺すようにして見守っていた皇帝がようやく口を開く。

「お前は、私を恨んで――」

「今後のことを考えましょう。今は身内の問題にかまけている場合ではありません」

遮られた皇帝が目を細めてジークハルトを見つめた。恨んでいるかと聞くことさえ許されていないのだと悟ったようで、口をつぐんでから再び話しだす。

「お前を次の皇帝にすべきだという声があがっている」

「……それは初めて聞きました」

ジークハルトの声に驚きが交ざる。

「いったいどこで、なぜ、そんな」

「お前が竜騎士たちを率い、人々のために空を駆けた姿がよほど衝撃的だったのだろう。なにより、聖女と恋仲だという話も知れ渡っている。この国の守護者たる竜騎士と聖女を、皇帝と皇妃として据えるべきだとな」

すぐ返答できなかったジークハルトの代わりに、黙っていたハインリヒが口を挟む。

「父上。継承権はジークハルトに譲ってください」

皇帝が眉根を寄せてハインリヒに目を向けた。

「回復はしましたが、指にうまく力が入りません。足も同じです。こんな状態では満足に皇位を継ぐことなどできないでしょう。……ジークハルトにしか、託せません」

「ここには自分勝手な人間しかいないのか」

苛立ちを隠そうともせず言ったジークハルトが顔をしかめる。

「手足が動かないなら頭を動かせ。悪知恵を働かせるのは得意だろう。都合よく責務から逃げようとするな」

「だが、これで償いになるなら――」

「臣民にはどう伝える？　同じように説明するのか？　虐げてきた弟への償いとして皇位を譲ったと？　俺はどう言えばいい。兄との和解のためにこの国を継ぐことにしたと？　――ふざけるな」

エレオノールは不安げにジークハルトの手を握った。

激情を抑え込んだジークハルトが、感情と一緒に息を吐く。

「俺はそんなもののために皇帝になどならない。民の上に立つ者は、民のためにあらねばならないからだ」

ジークハルトの手がエレオノールの手を包み込む。

そのぬくもりで自分の感情を制御しようとするのではなく、たしかな決意と誓いを聞いていてほしいとでもいうように。

「この国の民が本当に俺を望んでいるならかまわない。俺は――」

紫水晶の瞳が、エレオノールの翠玉の瞳をとらえる。

「いつか、竜騎士が必要なくなるような平和な国のために、皇帝になる」

(ジーク……)

リュースを奪われそうになった時、エレオノールが言ったのがそれだった。

かわいい子竜を戦争の道具になどさせないと言ったことを、彼は覚えていたのだ。

「話がそれだけなら帰らせてもらう。ここでのやるべきことは済んだし、ほかにもやらねばならないことが多すぎるからな。――行くぞ、エル」

「はい」

ジークハルトは部屋を出た後も、一度も後ろを振り返らない。

横顔を盗み見たエレオノールは、未来の夫が吹っきれた表情をしていることに気がついていた。

ここしばらくの喧騒《けんそう》が嘘だったかのように穏やかなひと時が訪れる。

ルストレイクへ向かう昼下がり、シュルーシュカの背に揺られたエレオノールは、背後のジークハルトを振り返って言った。

「……怒っていますか？」

「どうした、急に」

「自分のことばかりで、安直な真似をしたかもしれないと思ったんです。……ハインリヒ殿下のこと」

「……ああ」

ジークハルトは不安そうなエレオノールに顔を寄せ、細い腰を抱いていた手に力を込めた。

「気にするな。他人を傷つけるより、助ける気持ちを優先するほうが大切だろう」

「ですが、代わりにあなたを傷つけたかもしれません」

「逆に考えてみろ。皇妃とハインリヒは、散々憎んできた相手になにもかも奪われることになるんだ。俺がこの国で幸せになればなるほど、復讐になる」

エレオノールはなにか言おうとして、結局なにも言わずのみ込んだ。

気持ちに寄り添いたいとは思うが、どんな言葉をかけるのが正解かわからない。

本当に復讐を望んでいたのかどうか、真実を知っているのはジークハルトだけだ。

「俺はお前程度に傷つけられるような男じゃない。丈夫だからな」

「……そんな冗談を言われても笑えませんよ」

「ハインリヒの件も、今回の災害の件も、話すのはここで終わりだ。過去よりも未来の話をするほうが生産的だと思わないか？」

エレオノールは悩んだ末にうなずいた。

「この子についてどうしようか相談しようと思っていたんです」

腕の中で眠るリュースを見下ろして言う。

先日の暴走以降、リュースはよく眠るようになった。

シュルーシュカいわく、心と身体が回復しきっていないからだとのことだった。

「これからリュースはもっとドラゴンとして成長するでしょう。その時、人間の身ではわからないものをどう学ばせればいいか……」

「――だ、そうだが。お前はどう思う？」

《私が見てあげる。人間はブレスの代わりに体液しか吐き出さないものね》

声をかけられたシュルーシュカが、準備していたかのようにすらすらと答える。

《この年で子育てをすることになるとは思わなかったけれど、悪くないわ》

以前は興味を惹かれない様子だったが、考えが変わったらしい。

それはエレオノールにとってありがたい話だった。

「お願いしてもいいですか？　癒やしの古代魔法なら教えてあげられるんですが……」

《私たちに癒やしの術なんて必要ないわよ》

あらゆる生物の頂点に立つ存在だから、という傲慢さが見え隠れする。

エレオノールは少し笑ってから、すぴすぴ鼻を鳴らすリュースの頭を撫でた。

「私、ドラゴンは炎を吐く生き物なのだと思っていました。でも違うんですね」

「シュルーシュカは雷《いかずち》だな。リュースは――」

《毒と、酸ね》

それだけ聞くと、炎で燃やし尽くすよりもよほど邪悪な生き物に思える。

しかし眠るリュースはとても恐ろしい存在に見えない。

《この子はこれからもっとあなたたちを驚かせるわ。だけどどんな時でも味方でいて

あげて》

「ええ、もちろんです」

《それでこそお母さんね。……お父さんの返事は？》

「言わなければわからないほど、俺との付き合いは浅くないだろう」

《そういうの、つがいの前で言うのはどうかと思うわよ。人間ってそんなに浅慮なの？　それともジークが残念なだけ？》

からかうシュルーシュカの腹を、ジークのかかとが抗議するように蹴る。

まったくこたえた様子なく笑ったシュルーシュカにつられ、エレオノールも口もとを手で隠した。

《子どものこともいいけど、ほかに大事なことがあるでしょう？》

「そうだな。城の復興には時間がかかるだろうし、俺が皇位を継ぐ話が本気なら、その発表にも準備が必要だ」

ジークハルトは微笑してエレオノールの肩に顎をのせた。

そのまま抱き寄せると、自然と唇が耳に近づく。

「結婚式はすべてが終わった後になる。待たせることになるが、大丈夫か？」

「いつまでても待ちます」

上空の空気は冷たいのに、エレオノールの頬は熱くなっていた。

ジークハルトに見られないよう手もとのリュースに視線を落としてから、意を決したように振り返る。

「だから私に、『素敵なこと』をたくさん教えてくださいね」

キスを贈ったエレオノールの目の前で、ジークハルトが苦笑する。

「……今は手綱を離せないからやめてくれ」

今すぐに抱きしめてキスを返したいと思っているのを隠しきれていない。

それを聞いていたシュルーシュカが、またおかしそうに笑った。

《あら、離しても落とさないわよ。お好きなようにどうぞ》

「前は落とすと言ったくせに」

《あなただって不眠不休で働かされた後に自分の上でいちゃつかれたら、同じように言いたくなるわ》

「落ちないとしても、怖いから手は離さないでくださいね」

すっかり油断してはにかんだエレオノールに、ジークハルトが素早くキスをする。

「エル。改めて――俺の妻になってくれ」

「はい、喜んで」

勝手に頬が緩むのをこらえきれず、エレオノールは前を向いた。
代わりにジークハルトに身体を預け、そのぬくもりに浸る。
（ここが、私の居場所）
遠くに特徴的な街が見える。
これからはルストレイクが、エレオノールにとっての故郷となるのだった。

謳い継がれるおとぎ話

例年よりも多い降雪に振り回され、城の復旧にはずいぶんと時間がかかった。

熟練の職人や魔法使いたちの手によって、かつてほどとは言わずとも、ほぼ元の姿を取り戻した城に、今日は大勢の人が集まっている。

ベルグ帝国各地の街はお祭り騒ぎだった。

大通りに並ぶ屋台は数えきれず、子どもたちは笑顔でカゴいっぱいの花を道に振りまいている。

今日はエレオノールと、次期皇帝として発表されたジークハルトの結婚式が行われるのだ。


「こら、リュース！」

美しいウエディングドレスにまとわりついて、装飾された宝石にかじりつこうとしたリュースを止める声があった。

「みゃあ」

「みゃあ、じゃありません!」

エレオノールに叱られたリュースが哀れっぽい鳴き声をあげ、尾を垂れさせて上目遣いになる。

季節が変わり、ようやく今日この日を迎えてもひとりと一匹に変化はない。しいていうのなら、リュースはまたひと回り大きくなった。

直立するとエレオノールの腰に頭がつくようになり、抱えて歩くのももう難しい。

「いたずらばかりするなら、いつも通りお勉強に行ってもらうわよ」

「みゃっ、みゃああっ!」

言葉を聞き分けたリュースが首を横に振る。

エレオノールにたっぷり甘やかされてきたリュースにとって、シュルーシュカのドラゴン基準の指導は非常に厳しいものらしかった。

初めてのブレスによる大惨事についても、エレオノールとジークハルトが思わず止めるほどきつく説教をしている。

「じゃあいい子にしてて。服の飾りをかじっちゃだめって、何度も言ったでしょ?」

「……みゃあう」

もともと聞き分けのよかったリュースが、以前以上によく話を聞くようになったのもシュルーシュカのおかげである。

「いい子にできるなら、結婚式でもらうケーキをあげるからね」

「みゃ！」

「ちゃんとリュース用に用意してもらったのよ。どんなものか楽しみにしていて」

「みゃっ、みゃっ」

リュースがご機嫌になってその場をくるくる回る。

楽しみでたまらないと全身で表すのを見て、エレオノールは優しく微笑んだ。

（そういえば、シュルーシュカさんが言っていたのはなんだったんだろう？）

先日、シュルーシュカが突然エレオノールに念話を飛ばしたことを思い出し、首をかしげる。

――『リュースは頭がいいわ。そのうち、おもしろいことになるわよ』

意味深な発言も、どうでもいいことを秘密にしたがるのも、よくあることだとジークハルトは言っていた。

だが、エレオノールはなんとなく引っかかりを覚えている。

（おもしろいこと……）

テーブルに飛び乗ったリュースが鏡をじっと見つめる。

置かれた装飾品や化粧品にいたずらされる前に抱き上げると、それとほぼ時を同じくして扉を叩く音がした。

「どうぞ」

エレオノールが相手を促すと、正装に身を包んだジークハルトが入ってくる。

上等の絹で仕立てられた黒い衣服には、リュース好みの金ボタンがついていた。襟と袖、そして片側の肩を覆う外衣は赤く、いかにも祝い事だとわかる華やかさだ。

純白のドレスを身につけたエレオノールと、その隣に並んだジークハルトの姿は、絵画かと見紛うほど完璧に対になっている。

――帝国の歴史に残る最強の竜騎士と伝説の聖女の夫婦の美しさは、のちに肖像画を任された宮廷画家を泣かせることになるのだが、今のふたりはまだ知らない。

「何度も今日のお前を夢に見たが、現実が一番美しいな」

「あなたのそういう姿を見るのはリヨンに行った時以来ですね」

はにかんで言ったエレオノールに、ふとジークハルトが懐かしい顔をする。

「あれもずいぶん前になるな。まさか俺の捜していたエルがこんなに近くにいるとは思わなかった」

「あの時はお騒がせしてすみません。いきなり会場を飛び出したりして、困らせてしまいましたよね」

「いや、ちょうどよかった。ラフィエット伯爵がうるさかったからな」

その名前を聞いても、エレオノールの心臓は少し跳ねただけだった。

「あの後のこと、聞いていませんでしたよね」

「逃げ出したことには引っかかっていたようだが、最後は勘違いだと認めていたな。俺に聞いたところで、『彼女の名前はラスだ』しか言えないし」

帝国の第二皇子にあれこれと質問するのもはばかられたのだろう。

あるいは、パートナーがいなくなってこれ幸いと異母妹を売り込んだか。

そう考えて、エレオノールはジークハルトに聞けなかったことを思い出した。

「そういえば求婚されたと聞きましたが……」

「……誰だ、お前の耳に入れたのは」

ジークハルトは溜息をついて、リュースがいるテーブルにもたれた。

おとなしく様子を見ていたリュースがすかさず袖のボタンに噛みつこうとするも、それをうまくあやして対処する。

「そんな話もあったが、当然断った。お前がエルだとわかった時点でほかの女を妻にする気はなかったし、なにより十一歳の子どもをそういう目で見るのはな」

それに、とジークハルトが続ける。

「お前を傷つけた家の人間にいい思いはさせたくない」

「そう言ってくれる人がいるだけで充分ですよ。嫌な思いをすることもありましたし、今も忘れられていないことのほうが多いです。でも、私にとっては昔の話なんです」

「それはなによりだ。結婚式には招待していないからな」

しれっと言ったジークハルトに苦笑を返し、エレオノールは先日聞いた話を思い出した。

身辺のごたごた騒ぎの最中に調べさせていたかの家は、ジークハルトだけでなく有力な貴族に片っ端から娘を娶ってほしいと言い続けたらしい。

そこまでしなければ家を保っていられないほど、金銭的に余裕がなかったのである。

その結果、リヨン王国の貴族社会から爪はじきにされ、平民たちからも誇りとしていた青い瞳を嘲笑われるようになったのだった。

ただ没落するよりも屈辱的な今を送っている事実は、エレオノールを少し複雑な気持ちにさせたが、もう伯爵家は彼女の居場所ではない。

「あ、でも暗くて狭い場所に行くとやっぱり怖いです」

「……倉庫のような？」

「はい」

「もしまた倒れたら助けに行く。……いや、倒れる前に迎えに行く」

そう言うと、ジークハルトは持っていた細長い箱をテーブルに置いた。

「それは？」

「これだけは俺の手で渡したくてな」

箱を開くと、見事な翠玉の首飾りが現れる。

この世のものとは思えないほど透明感のある石を、ぐるりと金剛石が飾っていた。

金色の鎖も、幸せそうなエレオノールにふさわしい輝きを放っている。

エレオノールは自分の瞳よりも美しい緑色を見て、思わず感嘆の息を漏らした。

「今日のために用意させたものだ。この石は、永遠にお前の胸しか飾らない」

感動に打ち震えるエレオノールの背後に立ち、首飾りをつける。

ジークハルトが再びエレオノールの前に戻ると、最初からそこにあったかのように馴染んだ首飾りと、泣きそうな顔で喜ぶ妻の顔があった。

「こんな素敵なもの……」

「お前の瞳にはかなわない」

そうささやいて、礼を言われるよりも早く唇を塞ぐ。

エレオノールは驚いた顔をしてから、とがめるようにジークハルトの胸をつついた。

「……まだ早いですよ」

「後で二回すればいい」

「どういう理屈ですか……？」

「みゃあ」

あきれるエレオノールに向かってリュースが鳴き声をあげる。

「みゃあ、みゃあ」

「なんだ？」

「この首飾りが欲しいみたいです。リュースもこういうものが好きなのね。もしかしてボタンもそういう理由でかじっていたのかしら」

「やめてくれ。国庫を圧迫するのはシュルーシュカだけでいい」

おねだりをするリュースだが、今回ばかりは聞いてもらえない。

いつまで経っても自分の思い通りにならず不満げに鳴くも、肝心のふたりはとっくに自分たちの世界に浸っていた。

エピローグ

式は盛大に終わった。

ただ国民の前で結婚を披露するだけでなく、最後に新婦を抱きかかえた新郎が漆黒のドラゴンで空に飛び去ったのが好評だった。

このせいで翌年の竜騎士団には志願者が殺到することになり、黒竜はベルグ帝国にて吉兆を示す生き物と語り継がれることとなる。

（張りきりすぎって言われたらどうしよう……）

重いドレスを脱いだエレオノールは、長時間かけて磨き上げられ、香油の甘い香りを漂わせながら寝室で待っていた。

未来の皇妃の専属メイドに選ばれたそばかすのメイドが、気合を入れて初夜の準備を施したためである。

肌にはうっすらと銀粉を、髪には《ドラゴンの涙》と呼ばれる貴重な香油を、手足の爪には艶を出すための塗料を施され、実に落ち着かない。

エレオノールはそわそわしながら、初夜を訪れる夫を待っていた。

ジークハルトにも妻を長く待たせるつもりはなかったようで、すぐに扉を叩く音がする。

どうぞとひと声かければいいのをすっかり忘れ、勢いよく立ち上がったエレオノールはぎくしゃくした動きで扉を開いた。

その瞬間、勢いよくなにかが飛びつく。

「きゃっ⁉」

子どもだった。背は低く、エレオノールの腰あたりまでしかない。量の多い黒髪は艶やかで、ジークハルトのものに似ている。

腹に顔を押しつけられたエレオノールは困惑しながら、既視感のあるその色について、目の前の夫に尋ねた。

「もしかして隠し子ですか……？」

「そんなわけがあるか」

「だって、あなたと同じ……」

「ママ！」

ジークハルトが説明する前に子どもが甲高い声をあげた。

「……ママ?」

エレオノールが視線を下げると、子どもがきらきらした眼差して見上げてくる。

その瞳の色は、エレオノールによく似た緑色だ。

「わ、私の隠し子だったんでしょうか……!?」

「いったん落ち着け。――お前もだ、リュース」

子どもはエレオノールから離れると、室内に駆け込んだ。

そしてエレオノールが座っていたベッドに転がり、手足をじたばた動かす。

確かにその動きには覚えがあった。リュースがよくやっていたものだ。

「シュルーシュカいわく、人の形を真似る特性を持つ種族がいるそうだ。成長すると鱗の色が鈍い鋼の色に変わるらしい」

「じゃああのきれいな色も変わるんですね……」

目の前の子どもがあの子竜だとはまだ信じられず、エレオノールは驚きの表情のまま言った。

「子どものドラゴンが大人になった姿と違う鱗の色を持つのは珍しくないそうだ。シュルーシュカは極光色の鱗が鈍色《にびいろ》に変わると聞いて残念がっていた」

宝石好きなシュルーシュカがきらきらした色を好むのは当然だ。

リュースに文句を言う姿も容易に想像できた。

「確かに希少種だと言っていましたね。でも、どうしてシュルーシュカさんはすぐに教えてくれなかったんでしょう？　最近、リュースと過ごす時間も多かったですし、もっと早くから知っていたんじゃ……？」

「そのほうがおもしろいから、だ」

それで納得できるあたり、エレオノールもずいぶんシュルーシュカに慣れたようだった。

（おもしろいことって、これ？）

「ここ最近、あの姿を取るようになったらしい。見た目が見た目なだけに、絶対に外へは出るなと言い聞かせていたそうだが、さっき呼び出されてな。楽しそうに紹介されたぞ」

「シュルーシュカさんらしいですね……」

どこからどう見ても自身の外見を模した相手を前に、ジークハルトが絶句したのは想像に難くない。

「パパ、パパ」

ベッドを飛び降りたリュースが再び戻ってきてジークハルトにまとわりつく。

リュースだとわかると、確かにその面影があった。

あの子竜もよく、ジークハルトの足もとにまとわりついていたからだ。

「わかったわかった。抱っこか？」

「パパ！」

まだリュースは言葉をうまく扱えないのか、ふたりと話そうとはしない。ただ、人間の姿でくっつけるのがうれしいらしく、愛らしい顔に満面の笑みを浮かべていた。

もし今、ドラゴンの姿の時と同じように尻尾があれば、喜びのあまりぶんぶん振っていたはずだ。

「今夜は初夜なんだがな」

リュースに甘えられてまんざらでもない気持ちが半分、初夜を邪魔されて複雑な心境が半分、といった顔でぼやくジークハルトだったが、不意にリュースが顔を上げた。

「おねえちゃん」

「お姉ちゃん？」

夫婦が同時に顔を見合わせる。

ふたりが止める前に駆けていったリュースが、勢いよく窓を開けた。冷たい空気が流れ込むと同時に、窓枠を乗り越えて外へ飛び出す。

「リュース！」

「待て、あれは……」

すぐに駆け寄ろうとしたエレオノールをジークハルトが止める。

暗い空を、小さなドラゴンが飛んでいた。

「あの子……いつの間に飛べるように……」

「……まったく」

部屋の中が冷え込む前に窓を閉めると、ジークハルトはこの衝撃の元凶となった相棒にすぐ念話を送った。

（人間の姿になる、空を飛ぶ。ほかにリュースについて黙っていることは？）

《ひとまずのところ、それ以外の秘密はないわよ。楽しんでもらえた？》

（すごく驚きました。あれはやっぱりジークの姿を真似しているんですか？）

エレオノールもシュルーシュカに話しかける。

《そうよ。同じ雄だから参考にしたのでしょうね。本人は全然完璧な変身じゃないって不満らしいけれど》

（お姉ちゃんというのはなんなんだ。そんな年でもないだろうに）

《おばちゃんなんて呼んだらおやつにしてやるって言ってるもの》

（言葉も話せるんですね。今は私たちを呼ぶだけでいっぱいいっぱいみたいですが）

《必死に人間の言語を勉強中よ。外から見えない分、声帯の模倣が難しいみたい。とはいえ、最初はみゃあみゃあ鳴いていたのを考えると子どもは成長が速いわ》

しみじみと言うところは『お姉さん』より、もう少し年配の空気を感じさせる。

しかしそれを指摘すればおやつにされるのはエレオノールたちのほうだ。

「初夜を迎える前に手のかかる子どもが増えるとはな」

「でも、かわいかったです。あなたに似ているからかもしれませんね」

「どうせならエルを真似てくれればよかったものを」

《あ、そうそう。もうひとつあったわ。ずっと言わなかったこと》

ふたりは顔を再び顔を見合わせた。

《無事につがいになったみたいだし、教えておくわね。あの子が卵から孵ったのは、自分を守り育ててくれる両親を見つけたからよ》

「両親……？」

リュースはエレオノールのもとで、何年も卵でい続けた。ドラゴンとはそういうものなのかと思っていただけに、シュルーシュカの言葉は興味深い。その場にシュルーシュカがいるわけでもないのに、エレオノールは前のめりになっていた。

「私とジークを見てそう思ったということですか？」

《私たちは最高の母親と父親のもとでなければ、何千年でも卵の中で生き続ける。本来ならば血が繋がった両親のもとで生まれるのだけど、リュースは違ったのね。あなたたちが揃うのを待ち続けたんだわ》

確かに卵が孵ったのはジークハルトが現れてからだった。

偶然かと思っていたがどうやら違ったようだ。

エレオノールは感慨深い思いで隣に立つジークハルトを見上げる。

「お前、最初からわかっていたんだな？　だから俺に、エルを母親代わりに連れていけと言ったんだ」

《そうよ？　両親と一緒にいさせてあげるのが優しさってものでしょ》

「どうして今まで黙っていた？」

《おもしろいからに決まってるじゃない。——あ》

話していたシュルーシュカの声が優しくなる。

《リュースが帰ってきたわ。それじゃあ、あとはごゆっくり》

それきり念話が途切れ、静かになる。

妙な気まずさを覚えたエレオノールだったが、ジークハルトは違った。

「さすがに今夜はもう邪魔をしに来ないだろう」

「そう、ですか」

「緊張しているのか？」

「……あなたはしていないんですね」

エレオノールが目を伏せると、ジークハルトはその髪をひと房つまんだ。

そのまま顔に寄せ、毛先にキスを落とす。

「……いつもと違う香りがする。普段から甘い香りがするが、今夜は特別なんだな」

「初夜……ですから」

先ほど吹き込んだ外の冷たい空気は、いつの間にかふたりの雰囲気にあてられて温かくなっていた。

ふたりはどちらからともなく唇を重ね、なにか言うでもなく笑う。

「いつか、聞いてほしいお願いがあるんです」

「なんだ？」

「テレーと過ごした場所へ、一緒に行ってくれませんか？」

「お前さえよければ、明日にでも」

死の森の奥地にテレーの墓はないし、エルフたちが住んでいた痕跡も燃やされてしまっている。それでもエレオノールは、かつて初めての幸せを知った場所にジークを連れていきたかった。

「生きていれば素敵なことに出会えるって本当ですね。あなたに出会えました。幼い頃、本当に死んでしまわなくてよかったです」

「ああ。生きていてくれてありがとう。おかげでこんな幸せを手に入れられた」

ベッドになだれ込んで口づけを繰り返すと、絹のシーツが擦れて音を立てる。

エレオノールは自分を見下ろすジークハルトの頬に触れ、恥ずかしそうに微笑んだ。

「素敵なことを教えてください」

「ひと晩かけて教えてやる」

少しずつふたり分の体温が溶け合って、言葉が少なくなっていった。

与えられる喜びは初めてのものばかりだったが、どれもエレオノールの心を震わせる。

長い間つらい人生を送ってきたふたりが、ようやく幸せを感じた夜だった。

END

あとがき

　こんにちは、晴日青です。

『役立たず」と死の森に追放された私、最強竜騎士に拾われる～溺愛されて聖女の力が開花しました～』はいかがでしたでしょうか？

　ご購入いただき、本当にありがとうございます！

　過去作ではもふもふしたものを扱ってきましたが、ついにドラゴンがいっぱいのお話を書くことができました！

　つやつやすべすべ、おめめまんまる、そして殺傷能力が高い。最高ですね。

　というわけで、本作のお気に入りキャラはシュルーシュカ姐さんでした。

　思考もやれることも規模が大きいので、戦場にぴったりな短期決戦型ドラゴンです。

　ちなみに作中でリュースを竜騎士団のドラゴンにする話がありましたが、敵味方問わず被害が大きいので、戦場には向きません……。

本作のイラストをご担当くださったのは鈴ノ助先生です。

担当さんからご共有いただいた表紙絵の美しいこと美しいこと……。

明確に美男美女カップルとして執筆していたのですが、描写が足りなかったんじゃないかと頭を抱えるくらい美麗でした。

リュースの憎めない感じもかわいくて、もっといろんなシーンを見てみたいなと思ってしまいました。……それだけに終盤の姿が胸に刺さりますね。

まだまだお話したいことはありますが、このくらいにしておきます。

それではまた、どこかでお会いできますように。

晴日《はるひ》青《あお》

晴日青先生への
ファンレターのあて先

〒104-0031
東京都中央区京橋1-3-1
八重洲口大栄ビル7F
スターツ出版株式会社　書籍編集部　気付

晴日青先生

本書へのご意見をお聞かせください

お買い上げいただき、ありがとうございます。
今後の編集の参考にさせていただきますので、
アンケートにお答えいただければ幸いです。

下記URLまたは二次元コードから
アンケートページへお入りください。
https://www.berrys-cafe.jp/static/etc/bb

ベリーズ文庫

「役立たず」と死の森に追放された私、
最強竜騎士に拾われる
～溺愛されて聖女の力が開花しました～

2024年4月10日　初版第1刷発行

著　者　晴日青
©Ao Haruhi 2024

発行人　菊地修一

デザイン　hive & co.,ltd.

校　正　株式会社文字工房燦光

発行所　スターツ出版株式会社
〒104-0031
東京都中央区京橋1-3-1　八重洲口大栄ビル7F
TEL　03-6202-0386（出版マーケティンググループ）
TEL　050-5538-5679（書店様向けご注文専用ダイヤル）
URL　https://starts-pub.jp/

印刷所　大日本印刷株式会社

Printed in Japan

乱丁・落丁などの不良品はお取替えいたします。
上記出版マーケティンググループまでお問い合わせください。
定価はカバーに記載されています。

ISBN 978-4-8137-1571-9　C0193

ベリーズ文庫 2024年4月発売

『もう恋はしないはずが――凄腕パイロットの激愛は拒めない【ドクターヘリシリーズ】』 佐倉伊織《さくらいおり》・著

ドクターヘリの運航管理士として働く真白。そこへ、2年前に真白から別れを告げた元恋人・篤人がパイロットとして着任。彼の幸せのために身を引いたのに、真白が独り身と知った篤人は甘く強引に距離を縮めてくる。「全部忘れて、俺だけ見てろ」空白の時間を取り戻すような溺愛猛攻に彼への想いを隠し切れず…。

ISBN 978-4-8137-1565-8／定価748円（本体680円＋税10%）

『余命1年半、かりそめ花嫁はじめます～初恋の天才外科医に救われて世界一の愛され妻になるまで～』 葉月《はづき》りゅう・著

OLの天乃は長年エリート外科医・夏生に片思い中。ある日病が発覚し、余命宣告された天乃は残された時間は夏生のそばにいたいと、結婚攻撃に困っていた彼の偽装婚約者となる。それなのに溺愛たっぷりな夏生。そんな時病気のことがばれてしまい…。「君の未来は俺が作ってやる」夏生の純愛が奇跡を起こす…！

ISBN 978-4-8137-1566-5／定価737円（本体670円＋税10%）

『愛しているから、結婚はお断りします～エリート御曹司は薄幸令嬢への一途愛を諦めない～』 高田《たかだ》ちさき・著

社長令嬢だった柚花は、父親亡き後叔父の策略にはまり、貧しい暮らしをしていた。ある日叔父から強制された見合いに行くと、現れたのはかつての恋人・公士。しかも、彼は大会社の御曹司になっていて!?　身を引いたはずが、一途な愛に絆されて…。「俺が欲しいのは君だけだ」――溺愛溢れる立場逆転ラブ！

ISBN 978-4-8137-1567-2／定価748円（本体680円＋税10%）

『政略婚姻前、冷徹エリート御曹司は秘めた溺愛を隠しきれない』 紅《くれない》カオル・著

父と愛人の間の子である明花は、継母と異母姉に冷遇されて育った。ある時、父の工務店を立て直すため政略結婚することに。相手は冷酷と噂される大企業の御曹司・貴俊。緊張していたが、新婚生活での彼は予想に反して甘く優しい。異母姉はふたりを引き裂こうと画策するが、貴俊は一途な愛で明花を守り抜き…。

ISBN 978-4-8137-1568-9／定価748円（本体680円＋税10%）

『捨てられ秘書だったのに、御曹司の妻になるなんて　この契約婚は溺愛の合図でした』 蓮美《はすみ》ちま・著

副社長秘書の凛は1週間前に振られたばかり。しかも元恋人は後輩と授かり婚をするという。浮気と結婚を同時に知り呆然とする凛。すると副社長の亮介はなぜか突然契約結婚の提案をしてきて…!?　「絶対に逃がしたくない」――亮介の甘い溺愛に翻弄される凛。恋情秘めた彼の独占欲に抗うことはできなくて…。

ISBN 978-4-8137-1569-6／定価748円（本体680円＋税10%）

ベリーズ文庫 2024年4月発売

『再会したクールな警察官僚に燃え滾る独占欲で溺愛保護されています』　鈴《すず》ゆりこ・著

OLの千晶は父の仕事の関係で顔なじみであったエリート警察官僚の英介と2年ぶりに再会する。高校生の頃から密かに憧れていた彼と、とある事情から同居することになって!?　クールなはずの彼の熱い眼差しに心乱されていく千晶。「俺に必要なのは君だけだ」抑えていた英介の溺愛が限界突破して…！

ISBN 978-4-8137-1570-2／定価748円（本体680円＋税10%）

『「役立たず」と死の森に追放された私、最強竜騎士に拾われる～溺愛されて聖女の力が開花しました～』　晴《はる》日《ひ》青《あお》・著

捨てられた令嬢のエレオノールはドラゴンの卵を大切に育てていた。ある日竜騎士・ジークハルトに出会い卵が孵化！　しかも子どもドラゴンのお世話役に任命されて!?　最悪な印象だったはずなのに、「俺がお前の居場所になってやる」と予想外に甘く接してくる彼にエレオノールはやがてほだされていき…。

ISBN 978-4-8137-1571-9／定価759円（本体690円＋税10%）

ベリーズ文庫 2024年5月発売予定

Now Printing

『こんなはずではなかったのだが……ー 女嫌いな天才脳外科医は真実の愛に目覚める』 滝井《たきい》みらん・著

真面目OLの優里は幼馴染のエリート外科医・玲人に長年片想い中。猛アタックするも、いつも冷たくあしらわれていた。ところある日、働きすぎで体調を壊した優里を心配し、彼が半ば強引に同居をスタートさせる。女嫌いで難攻不落のはずの玲人に「全部俺がもらうから」と昂る独占愛を刻まれていって…!?

ISBN 978-4-8137-1578-8／予価748円（本体680円＋税10%）

Now Printing

『タイトル未定（御曹司×かりそめ婚）』 惣領莉《そうりようり》沙《さ》・著

会社員の美緒はある日、兄が「妹が結婚するまで結婚しない」と誓っていて、それに兄の恋人が悩んでいることを知る。ふたりに幸せになってほしい美緒はどうにかできないかと御曹司で学生時代から憧れの匠に相談したら「俺と結婚すればいい」と提案されて!? かりそめ妻なのに匠は蕩けるほど甘く接してきて…。

ISBN 978-4-8137-1579-5／予価748円（本体680円＋税10%）

Now Printing

『～憧れの街べリが丘～恋愛小説コンテストシリーズ 第1弾』 未華空央《みはなそらお》・著

恋愛のトラウマなどで男性に苦手意識のある澪花。ある日たまたま訪れたホテルで御曹司・蓮斗と出会う。後日、澪花が金銭的に困っていることを知った彼は、契約妻にならないかと提案してきて!? 形だけの夫婦のはずが、甘い独占欲を剥き出しにする蓮斗に囲われていき…。溺愛を貫かれるシンデレラストーリー♡

ISBN 978-4-8137-1580-1／予価748円（本体680円＋税10%）

Now Printing

『さよならの夜に初めてを捧げたら御曹司の深愛に囚われました』 森野《もりの》りも・著

OLの未来は幼い頃に大手企業の御曹司・和輝に助けられ、以来兄のように慕っていた。大人な和輝に恋心を抱くも、ある日彼がお見合いをすると知る。未来は長年の片思いを終わらせようと決心。もう会うのはやめようとするも、突然、彼がお試し結婚生活を持ちかけてきて！未来の恋の行方は…!?

ISBN 978-4-8137-1581-8／予価748円（本体680円＋税10%）

Now Printing

『タイトル未定（ドクター×契約結婚）』 真彩《まあや》-mahya-・著

看護師の七海は晴れて憧れの天才外科医・圭吾が所属する循環器外科に異動が決定。学生時代に心が折れかけた七海を励ましてくれた外科医の圭吾と共に働けると喜んでいたのも束の間、彼は無慈悲な冷徹ドクターだった！ しかもひょんなことから契約結婚を持ち出され…。愛なき結婚から始まる溺甘ラブ！

ISBN 978-4-8137-1582-5／予価748円（本体680円＋税10%）

タイトル、価格等は変更になることがございますのでご了承ください。